ガンコロリン

海堂尊
KAIDO TAKERU

新潮社

目次

装画◆ナカザワマコト
装幀◆新潮社装幀室

ガンコロリン

健康増進モデル事業

1

「木佐（きさ）君、ちょっと」

またお小言か。俺はきりきり痛む胃を押さえながら、立ち上がる。ただでさえクソ暑い日が続いているのに、うっとうしいことこの上ない。のろのろとした足取りで上司の机にたどり着くと、奈良（なら）課長はいきなり、ばん、と書類を叩き付ける。

こうやってこけ威しで一発カマしておいて、相手を萎縮させてから一気に罵（ののし）る。これがこの人のやり方だ。話しているうちに次第に激して、最後は過去の落ち度まで総ざらいする。こういうやり方って小心者の常套手段なんだよな、と心中で呟くことで俺は自尊心をガードする。

「木佐君、この見積もりはどうなっているのかね」

どうなっているのかねって、そうなっているんですよ、と言い返した部下がいたが、そいつは現在、こころを病んで某病院に入院している。

俺は頭を下げた。

「申し訳ありません。うっかりしてしまいまして」

平身低頭とはかくありなん、という様で頭を下げ続ける。もともと鼻づまりの気があるけれど、こういうシチュエーションでこんな姿勢を取っていると、ますます悪化しそうだ。

奈良課長は、爬虫類みたいな目をして、ちろちろと赤い舌を出しているような表情になった。

「ほう、木佐君は自分でミスに気がついたのか。感心だな」

お、珍しい。こんなにあっさりとやりすごせるなんて。

そういえば今朝は、テレビの星占いと血液型占いのどちらも今日一番の運勢だった。だが、今日一番の運勢がこの程度かと思うと、ちょっとがっかりでもある。

「ミスに気づいているのなら、直したまえ。締め切りは、そうだな……」

奈良課長はにいっと笑い、手元の超高級腕時計をわざとらしくひけらかす。そのご自慢の時計に触れるのは無意味だ。その途端に始まる蘊蓄(うんちく)話を聞き遂げれば罵倒されないで済むのなら耐える甲斐もあるが、話が終われば、全く無関係に数倍のお小言が再開されるだけだった。

奈良課長は俺が時計を話題にしないとわかったのか、冷ややかな声で言った。

「出血大サービスだ。三十分後に再提出するように」

俺がごほごほと咳(せ)き込み始めると、奈良課長は、またやってやがる、という顔をした。たぶん、仮病だと思われているのだ。

東京の本部に戻って二年。前任地の加賀(かが)では一度も出なかった喘息が再発した。

ひょっとしたら俺のアレルゲンは、奈良課長の存在なのかもしれない。だいたい、何度も見直し完璧だと思って提出している見積もりだから、間違いを探し当てるなんて不可能だ、と考えると、奥歯の虫歯が急にしくしく痛み出した。

俺は隣の席の細川真美（ほそかわまみ）に、こそこそとヘルプを求める。

「課長が、見積もりにミスがあるっていうんだけど、見つけてくんない？」

細川は、右手を差し出す。「報酬は？」

可愛い顔立ちしてるクセして、がめつい女め。こう見えてもコイツは簿記の天才で、コイツがお小言を食らったのは見たことがない、奈良課長のお気に入りだ。羨しいかぎりだ。ちなみに俺はコイツと一度ヤッたことがあるが、お互い、一度きりの気の迷いだと思っている。

大食漢の細川真美への報酬は食事関連が有効だ。俺は焼き肉チェーン店の割引券を差し出した。

「またこれ？　たまには他のものを出しなさいよ」

げんなりした声。確かに夏場に焼き肉割引券の連発はウンザリだろう。なので俺は、ぐずぐずと財布を漁り目ぼしいものを捜していると、細川はその小さな掌をぬっと突き出した。

「しゃあない、やったげる。ほら、貸して」

細川真美は五枚の書類を俺から受け取り、繰り返し調べていたが、やがて放り出す。

「ゴメン。あたしにもわかんない」

簿記の天才が見つけられないミスを、俺なんかが見つけられるはずがない。

三十分後、すごすごと奈良課長の元へ向かう。

「すいません、ミスを見つけたと思ったのは、気の迷いでした。教えていただけませんか」

スポーツ新聞を読んでいた奈良課長は、背もたれに身体（からだ）をもたせかけて、俺を見上げた。

「そんな簡単なミスもわからないのか。低能なヤツめ。ほら、貸してみろ。ここだ」

奈良課長が指差したのは見積もりの五枚目、最後のページだった。穴があくほどまじまじと見たが、間違いは見当らない。

俺がそう答えると奈良課長は人指し指で書類をとんとんと叩きながら言う。

「ここだよ。五ページ目のノンブルが抜けてるだろ」

へ？　それだけ？

席に戻ると、ことの成り行きを見守っていた細川真美に報告する。

「ノンブルが抜けてたんだって」

細川真美は、ふん、と鼻先で笑い、自分の作業に戻った。

また胃がきりきりと痛み始める。こころなしか偏頭痛もし始めたようだ。

2

疲れ果てた心と身体で、蒸し暑いアパートに戻ると、一通の手紙が届いていた。

ひとり暮らし、三十代前半の独身男のアパートに届く手紙は、たまに来るダイレクトメールくらいだ。だから郵便受けに、真っ白な封筒に墨痕鮮やかに〝木佐誠一（せいいち）さま御直披（おんちょくひ）〟と書かれた封書を見た時はびっくりした。

二年ほど前、田舎のお袋が、結婚しろとうるさく言って、お見合いおばさんを紹介してきた。

ありがた迷惑なそのおばさんからの手紙に似た、押しつけがましい雰囲気がぷんぷん漂っている。丁寧な対応であこぎな物件成約をめざす、俺の仕事の分野と同じ匂いもした。

封書を裏返すと、達筆で、〝厚生労働省医療健康推進室〟と記載されていた。

俺の会社は厚生労働省とは縁もゆかりもない。メインは国土交通省か総務省、百歩譲って経済産業省、せいぜい外務省あたりまで。しかも関連省庁と関わるのは会社の上層部だけで、奈良課長クラスでもタッチはできない。

だが帰宅後、この手紙が俺の関心を独り占めしてしまったことは事実だから、この封書は切手代八十円の投資に見合うインパクトを与えたことは間違いない。

ひとり暮らしのわびしい部屋に帰るのはうんざりだったが、今日は少しわくわくしていた。

鞄を放り出し、背広とワイシャツ、ズボンを脱ぎ捨て、上はTシャツ、下はトランクス一丁。これが独身男の真夏の部屋着姿だ。冷蔵庫からミネラルウォーターのペットボトルを取り出し、ごくりと飲み干す。だが、中身は水道水だ。細川真美と寝た時、事後の一服でそれが純正なミネラルウォーターではないと一口で見抜かれ、そのせいで彼女との付き合いも一発で終わったという苦い過去がある。水道水をミネラルウォーターに見せかけようとする心根が貧乏臭いと一喝されたが、見栄ではなく、本当はオレンジジュースでもコーラでもよかったが、空いていたペットボトルがたまたまミネラルウォーターだっただけのことだった。だが、細川真美の剣幕に恐れをなした俺は釈明もできず、今日に至るまで誤解は継続中だ。

ソファに腰を下ろす。大層いい封筒で、開けるのに手間取った挙げ句、びりびりにしてしまう。中身も毛筆かと思ったら、A4のペラ一枚の印刷だった。

拍子抜けしながら中身を見た俺は、さらに脱力感を強める。

「おめでとうございます。貴殿はとてもラッキーな当選者です」

のっけの一行からお役所らしからぬ、いかがわしい感じがする。

この手の「お知らせ」は、携帯メールにうんざりするほど送られてくる。あなたの口座に五百万円振り込みたいのです、という文言に、女性の顔写真が添えられたジャンクメールの読後感に似ていた。だが、ここまで期待を引っ張ったのだから、とにかく最後まで読んでみよう、と気を取り直す。どうせペラ一枚だし、酒の肴くらいにはなるだろう。

「貴殿は、厚生労働省第三種特別企画・健康優良成人策定委員会のモデルに選ばれました」

モデルという気の引き方は目新しい。勝手に現金を送りつけてくるよりは信憑性があるし、少しだけなら引っかかってやってもいいかな、という気にもなる。

――本プロジェクトは、日本国民のみなさまから無作為に三名を選び、半年間、健康を追求していただき、健康の大切さ、素晴らしさをご理解していただくために、立案されました。

ふむ、新手の健康食品か健康増進グッズの押し売りかな。

そう考えて文面の先に視線を走らせた俺は次の瞬間、くわっと目を見開く。

――というわけで、このたびめでたく本プロジェクトに選ばれた木佐さまには、モデルケース症例として参加していただきたいと思います。

何が、〝というわけで〟だよ、まったくもう。

〝というわけで〟という接続詞を使いたければ、前文をもう少し中身のあるものにしないと全く説得力がない。俺に芽生えた、手紙に対する興味がみるみる色褪せていく。

　というわけで俺は、義務感から残り少ない手紙の文面に目を走らせる。

「参加のご意思があるようでしたら、三日以内に次の電話番号にお電話をください。受付時間は午前十時から午後三時までです。以上　厚生労働省医療健康推進室　久光穣治」

　手紙をゴミ箱に叩き込む。バカバカしい。今時、こんな見えすいた手に引っかかるヤツなどいるはずがないだろう。

　冷蔵庫から取り出したビールを飲み干す。最近ビールが不味い。見下ろした腹回りが膨れている。明らかに太り過ぎだ。

　ふと、気が変わった。いや、魔がさした、と言うべきか。とりあえず電話くらいしてみるか、と思ってしまったのだ。

　そう思ったのは、手紙から漂う、あまりのやる気のなさのせいだ。これが詐欺なら、連絡時間を午前十時から午後三時までと限定したりしないだろう。そんないいかげんさが、用心深くて横着な俺の信頼を勝ち取る要因になったのだから、世の中、何が幸いするかわからない。

　俺は手紙をスーツの内ポケットにしまいこむと、テレビをつけた。

3

二日酔いの頭を抱え、今日も俺は奈良課長のお小言の集中砲火に耐えていた。

「きのうノンブルが落ちていることを指摘されたばかりだというのに何だね、これは」

奈良課長はきのうの書類を机にばあん、と叩き付ける。頭にびいん、と痛みが走る。

昨晩はビールを三本空けたところで記憶が途切れ、気がつくとテレビをつけっぱなしでソファで寝穢（いぎた）なく寝ていた。夏とはいえ、薄着だったので風邪をひいたのかもしれない。あるいは致命的な病気が発症しつつあるのか。こめかみを押さえながら、奈良課長に言い返す。

「ですからノンブルは通しましたけど」

「通しました？　手書きで5という数字を書き加えただけじゃないか」

「ノンブルは見積もりの数字と違って、さほど重要ではないと思われたので、リプリントするよりは資源の無駄遣いにならないかと思いまして」

俺が言い返したのを聞くと、奈良課長は手をぷるぷると震わせ始める。

「ノンブルも契約書の重要な一部だ。横着せずにプリントしなおせ」

奈良課長の顔が歪んで、大きくなったり小さくなったりしている。その声が遠い世界の電子音のように響いて、俺の中の地平線が揺らぐと、意識が遠のいていった。

消毒薬の匂いがした。目を開けると、俺の視界いっぱいに細川真美の顔が飛び込んできた。

「びっくりしちゃった。木佐さんたら失神しちゃうんだもの」

「ここはどこ？」

「保健室。この会社は体調不良で倒れる人が多くて、ベッドが設置されてるの。あたしも時々、具合が悪い振りをして、ここで寝てるわ」

中学生のサボりみたいだな、と思いながら、そういえば細川はちょくちょく姿を消していたけれど、そういうことだったのか、と合点がいった。俺は寝ていた身体を起こす。

「なんで細川がつきそってくれているんだよ」

「あら、ずいぶんなご挨拶（あいさつ）ね。倒れた木佐さんを誰も面倒みようとしなかったから、隣席のよしみであたしが助けてあげたのに」

「ごめん。まず、ありがとうと言うべきだった」

痛む頭を抱えながら、そう言うと、細川真美はにっこり笑って立ち上がる。

「いいのよ。あたしはウチの課の保健係なんだから。じゃあ、あたしは仕事に戻るわね」

細川のスレンダーな後ろ姿を見送りながら、俺はふたたびベッドに沈み込む。

あれしきの叱責で失神するなんて。いくら前の晩に不摂生したといっても、情けなさすぎる。いや、ひょっとしたら俺の身体はどこか変調をきたしているのかもしれない、と不安になる。

その時、内ポケットにいれた、手紙のことを思い出した。

手紙を取り出ししばらく文面を眺めていたが、意を決して携帯電話をかけ始める。

――多少いかがわしくたっていいじゃないか。この文面通りなら健康診断くらいタダでやってもらえるかもしれない。

呼び出し音が十回以上続いたところで数えるのをやめた。しびれを切らしながら、これは絶対にオレオレ詐欺ではない、と確信する。こんなに待たせたら、カモは飛び去ってしまうだろう。ようやく呼び出し音が途絶え、もしもし、というか細い声が聞こえてきた。

「こちら厚生労働省医療健康推進室です」

げ。やっぱり本物だったのか、この手紙。

予期していたはずの答えに、しどろもどろになりながら、言う。

「あの、モデルケースの件でお手紙をいただいたのでお電話をしたのですが」

「少々お待ちください」

電話の保留音が「待ちぼうけ」のメロディなのは、深い意味でもあるのだろうか。やがて、待ちぼうけを食うほどには待たされないうちに、男性の声がした。

「お電話代わりました。担当の久光です。木佐さまでいらっしゃいますか」

一瞬、名乗らないのになんで名前がわかったんですか、と尋ねようかと思ったが、モデルケースに選ばれたのは三名だそうだから、対象者を特定できても不思議はない、と思い直した。すると相手の男性は挨拶をすっとばし、いきなりずけずけと言う。

「ひょっとしてモデルケースになっていただけるんですか？」

「前向きに考えています。つきましては一度お目にかかり、お話を伺えたらと思いまして」

「なるほどなるほど、ごもっともなお話です。いつがご都合いいですか？　ちなみに当方はいつでもＯＫです。何なら今からでもいいですよ。どちらに伺いましょうか」

俺は一瞬、会社の近くまで来てもらおうかと思ったが、ふと思い直す。

「午後は外出できそうですので、今日、そちらに伺ってもよろしいでしょうか」

「もちろんです。何時にしましょうか」

厚生労働省でお目にかかることができれば、さすがにこの手紙は本物だと認めざるを得ない。疑惑が完全に消滅した俺は、午後二時の約束をして、厚生労働省に向かうことにした。


課に戻ると、奈良課長は不在だった。

「奈良課長は午後は外回りだから、無理することないわよ」

細川真美の、いつになく優しい口調に、俺は少し胸を熱くしながら、うなずく。

「さっきはありがとう。もう大丈夫だ。午後は俺も外回りに出かけるから」

机の上に、さりげなく書類が置かれている。見ると、ノンブルが打ち直されていた。

「やっといたわ。大サービスよ」

「サンキュ。恩に着る。愛してるよ真美ちゃん」

細川真美が顔を赤らめたように思われた。俺はボードに「外出、霞が関方面」と書いた。

4

会社から霞が関までメトロで三十分。直通なのは、会社の立地がいいわけではなく、東京のメトロは霞が関を通過することが原則になっているからだ。

中央合同庁舎五号館の入口はメトロ駅の改札に直結している。国家公務員の特権が丸見えだ。

入口で守衛に呼び止められ、約束を確かめられる。

「医療健康推進室の久光さんと二時のアポです」

オペレーター風の女性がキーボードを叩き、プラスチック製カードを手渡す。

「お待ち合わせ場所は最上階のレストラン、『星・空・夜（スターリー・ナイト）』となっています」

時計は一時四十五分。午後二時の約束なので少し早めだが、待ち合わせポイントがレストランなのは、昼飯抜きだったので好都合だ。

入館カードを首からぶら下げ、ゲートを抜ける。エレベーターの中には表示板があり、矢印が正反対の方向をさしている。右が「こっかい」、左が「こうえん」だ。国会議事堂と日比谷公園だろうが、なぜ平仮名なのだろう。国会も公園も、小学校低学年レベルの常用漢字なのに、などというつまらないことを考えているうちに、エレベーターは最上階に到着した。

チン、という音と共に、新しい冒険への扉が開き、目の前に未知の世界が広がっていた。

午後二時前の最上階レストランはがらがらだった。昼休みの時間帯が決まっている国家公務員の食事場所だから、当然と言えば当然だ。一番奥のテーブルに座っていた、たった一人の客である小太りの男性が、気配を感じて顔を上げる。俺の顔を見ると急に、机の上の書類をばたばたと片付け始める。

「頼りになるのは自分だけ、という大原則を叩きこまないと、いつまでも僕におんぶにダッコじゃダメダメの部下になっちゃうから、心を鬼にして僕はひとり旅に出ます」

独り言にしては大声だが、初対面の俺にそんなことを言うはずもないし、何を言っているのかさっぱり理解不能だったから、やっぱり独り言なのだろう。

それからなぜか、一目散に俺のところにやって来て、早口で言う。

「君にひとつ、お願いがあるんだ。この後ここで何かトラブルが起こったら、この書類をその当事者に渡してくれないかな？」

「え？　ええ？」

小太りの男性は、戸惑う俺に書類入りの封筒を押しつけると、そそくさと姿を消した。

俺は、手に残された白い封筒をぼんやりと眺める。男性が座っていた場所に目を向けると、そこには書類の山が積み重なり、オフィスの恥、みたいにとっちらかっていた。

気を取り直して改めてテーブルに座り、メニューを眺める。

〝ハンバーグ定食　５６２キロカロリー〟という表示を見て、思わず自分の下腹を眺めてしまう。

だが空腹には勝てずについ注文してしまった。

待ち合わせ時間の五分前の午後一時五十五分に、景気のいい音を立てながら、焼きたてのハンバーグが運ばれてきた。食べようとしたその時、ばたばたとレストランに駆け込んできた男性がいた。ひょろりとした体型。俺のハンバーグを見て、ごくりと唾を飲み込む。

その瞬間、直感した。俺を呼び出したのは、コイツだ。

案の定、ソイツはレストランを見回すと、おずおずと俺に声を掛けてきた。

「あのう、失礼ですけど、木佐さまですか」

俺は、久光さんですか、と尋ね返す。そうです、と答えた相手は首をひねる。

「おかしいなあ。ここに室長がいたはずなんですけど」

「そのずんぐりむっくりした男性なら、ぶつぶつ独り言をいいながら、出て行きましたけど」

「あ、やっぱりトンズラしやがったな。どうしろって言うんだよ。これは室長企画なのに」

前後左右がわからないうちに、あれこれ口を出すのは危険だとわかっていたけれど、俺は持ち前の人のよさで、知ったばかりの情報を伝えてしまう。

「その方は先ほど、部下を育てるため心を鬼にして旅に出るんだと言って出て行きましたけど」

「クソ、やっぱり確信犯だ」

そう吐き捨てた久光は、まじまじと俺を見た。

「あなたは室長が出て行くのをむざむざ見逃したんですか。何という迂闊なことを」

「それは私の与り知らぬ話です。何より私とあなたは初対面ですし」

俺がやんわりと言うと、久光は、はっと気づいて謝罪した。

「すみません。ついカッとしてしまって。室長のいい加減さにはほとほと手を焼いておりまして。今回の件も言い出しっぺなのに、立ち上げた瞬間に全部私に丸投げしたんですから」

俺は曖昧にうなずく。そんな内輪話を晒すなど、いかにもお役人らしい緊張感のなさだ。そんなことをしたら、民間企業であればいっぺんに顧客が離れてしまうだろう。

「幸か不幸か、私が段取りを仕切っておりますので、室長不在でもプロジェクトは遂行できます。でもちょっと困ったな。室長の認可がないと、本日からのプロジェクト開始が不可能になってしまうんです」

それを聞いて、小太りの男性からことづかった封筒を久光に手渡した。

「その方の置き土産です。何かトラブルが起こったら、その相手に渡してくれと頼まれまして」

久光は受け取った封筒を開くと、目を走らせてから、深々と吐息をつく。

「ちくしょう。やっぱり最初から俺に丸投げするつもりだったんだな」

久光は、その紙を俺に投げ渡す。それは一通の辞令だった。

——貴殿を健康増進モデル事業の責任者に任ずる。

久光は、俺に手を差し伸べた。

「改めて、はじめまして。たった今、厚生労働省の健康増進モデル事業の責任者を拝命いたしました、久光穣治と申します。どうぞよろしくお願いします」

話を聞きにきただけだったのに、いつの間にか俺は、拒否するタイミングを失っていた。

久光は淡々と続ける。

「早速本題にはいります。木佐さまにやっていただきたいことは簡単で、木佐さまにも大いにメリットになること間違いなしです。それが何かとお聞きになりたいでしょう？」

「はあ」

「何と木佐さまに、日本一の健康優良児になっていただこうという企画なのです」

俺はぼんやりとうなずきながら戸惑いをそのまま相手に伝える。

「健康になるということは、私にもプラスになることですからお引き受けしたいとは思いますが、日本一になるためには、一体どうすればいいのか、さっぱりお話が見えなくなりますね。それに、この年で健康優良児、などと呼ばれるのもちょっと……」

すると久光はいきなり、饒舌に言葉を迸らせる。

「優良児というのは言葉のアヤでして、決して木佐さまがガキだと申しているわけではありません。それにそもそも正式には〝健康優良成人〟となっておりますので、ご安心を」

それならそっちを先に言えよ、と言いかけたがその言葉を呑み込んで、別のことを口にする。

「それでも、何事も日本一を目指すとなるとハンパじゃ済みませんからねえ」

すでに半分逃げ腰の俺である。そんな俺の首根っこを引っ摑むようにして、久光が言う。

「そこで私たちの出番です。医療のプロとして私たちが徹底的に木佐さまのお身体を検査し、あらゆるマイナス要因を排除し、日本一、いや世界一、いやいや宇宙一の健康優良成人ボディの確立に努めさせていただく所存です。何しろこうした全体的な企画自体が、本プロジェクトの目玉事業ですので、大船に乗った気持ちでいらしてください」

その大船からたった今、あんたの上司がすたこら逃げ出したのを目の当たりにしている俺に、その言葉を信じろとは、大した度胸ではある。そもそも、目玉目玉と連呼しながら、さっきから同じ中身を繰り返しているばかりで、話がちっとも進まないじゃないか。

とりあえず俺は、プロジェクトを受けるデメリットはないか、確認しようとした。

すると久光は、得意気な顔をして胸を張る。

「そうしたご心配がないように、有能なアシスタントをおつけすることになっています」

――バカな。俺を健康にする、というそれだけのためにわざわざアシスタントを雇うのか？

俺の心中の疑問を察したかのように久光が言う。

「ひと一人が健康になるのは、それくらい大事業なのです。私たちはそのことを、国家権力を適正に用いて多くの国民に知らしめなければならないのです」

本気で撤退せねば、と身構えた俺の気配を感じ取ったのか、久光はころりと話を変える。

「こちらが契約書です。さ、景気よくハンコをポポポーンとついちゃってください」

俺の心情はさっきから拒否モードなのに、俺を凝視する久光の、つぶらな瞳の目力に気圧されて、俺は財布からハンコを取り出しポポーンとついてしまった。

久光は片手を挙げてウエイトレスを呼びつけ、契約書を手渡した。姿を消したウエイトレスが戻ってきたのは二分後で、その手から契約書とそのコピーが久光に返された。

「この契約書は熟読しておいてください。ちなみにクーリングオフの対象外商品となりますので悪しからず。何せ私たちは国家権力の手先機関ですので」

あれ、出先機関ではなく、手先機関なのか？

聞き返そうとしたが、久光の目が一瞬、怪しげな光を放ったので、何となく口にするのがはばかられ、黙ってしまった。だがすぐに、その光を吹き消すと、久光は陽気に言った。

「契約成立のお祝いとして、ここで木佐さまが摂取されたランチのお代は、わが医療健康推進室持ちとさせていただきます。つまり、国費接待です」

あ、ラッキーなどと思っているうちに、強引な契約締結が完了してしまった。なんてチョロい、おバカな消費者なんだ、と腹の底で笑われている気がした。まあ、被害妄想なんだろうけど。

「今後のことは次のステップで詳細にご説明します。次回は明日、木佐さまの会社近くの『白猫』という喫茶店でお待ちしております。時間は午前十時ジャスト」

なぜにコイツは、会社近辺の情報を知っているのだ。そう尋ねると、久光はにいっと笑う。

「対象の周辺情報を精査するのは、我々の業界の常識です」

午前中、アポを取ってから数時間でコイツは俺の行動範囲を把握したのか。

背筋にひんやりしたものを感じた。

「午前十時なんて無理ですよ。勤務時間内ですから」

久光は自信たっぷりにうなずいて言う。

「その点はどうかご心配なく。そのための国家権力、なんですから」

5

翌日。定時の九時に出社すると、奈良課長がかんかんに怒っていた。

「木佐、何だこれは」

見ると、十時から二時間の時間年休が申請されていた。俺は途方に暮れながら言った。

「そんな書類、私は出しておりません」

「じゃあ一体、誰がこんなものを出したんだ？」

すると俺の隣に座る細川真美がおずおずと挙手した。

「あたしです」

奈良課長がころりと口調を変えて言う。

「細川君、君のように優秀な娘がどうしてそんな、ワケのわからないことをしたのかね。だいたいウチの会社では、年休申請は不可だという不文律があることくらい……」

「もちろん知っています。でも、国家権力の指図だったもので」

「はあ？」

俺と奈良課長が同時に声を上げる。細川真美は肩をすくめる。

「国家権力が責任を取るから提出せよ、との電話がありまして」

俺は時計を見て、奈良課長に言う。

「申し訳ありません。この時間、まさにその国家権力から要請されたアポがありまして。こんな事情ですのでとりあえず、二時間ほど外出させてください」

奈良課長は憮然とした表情だったが、俺自身が企てた謀反ではないということは理解したらしく、しぶしぶうなずいた。

「まったく納得できないが、木佐の悪だくみではないということはわかった。仕方がない。時間年休の取得を許可する。だが帰社予定時間は必ず守れよ」

つまり時間年休が十二時までだからといって、そのままランチタイムにくっつけて昼飯を食べに行ったりするんじゃないぞ、という念押しだ。

奈良課長はいけ好かないが、言っていることは筋が通っている。

俺は大声で言う。

「了解しました。ではただいまより木佐は、国家権力の指図に従い、二時間の時間年休を取らせていただきます」


喫茶『白猫』は、会社の連中からは評判が悪い。

コーヒーは着色された白湯みたいだし、モーニングのトーストはハムサンドのハム並みに薄い。初めての客は、京都名物の生八つ橋と勘違いするくらいだ。おまけにウエイトレスは勤続ウン十年と思われる人外魔境のオババで、愛想が悪いことこの上ない。

だが考えようによっては、確かにこれほど密談に適した店はない。何しろ、他に客はいないのだから盗み聞きされる心配がない。もしかして彼らの情報収集能力は優秀なのかもしれない。

国家権力恐るべし、俺は気を引き締め直した。

からんからん、とドアベルを鳴らし薄暗い店内に入ると、すでに彼らは待ち構えていた。彼ら、というからには当然、相手は複数だ。久光はひょろっとした男だが、今日は隣に、久光よりもさらにひょろひょろとした男性を従えていた。

真夏だというのに、辛子色のトックリセーターを着ている。暑くないのかな、ひょっとして鈍感なのかな、というのが第一印象だ。その印象は当たらずといえども遠からずだったことが、おいおいわかってくるのだが。

挨拶もそこそこに彼らの正面に座ると、俺は面と向かって相手を詰り始めた。

「勝手に年休申請なんかされたら困りますよ。ウチは病気以外では年休を取ってはいけないことになっているんですから。用件をとっとと済ませて会社に戻らないと」

「そうでしょうそうでしょう。おっしゃることはわかります。それでは早速、今後の計画をお伝えします。まずは明日から三日間、木佐さまに年休を取っていただきます」

俺の話をまったく聞いていないのが歴然としている久光が、開きかけた俺の口を止めた。

「ストップ。木佐さまの言いたいことはわかります。わからんちんの課長に三日の年休を認めさせるなんて不可能だ、と木佐さまはおっしゃりたいのでしょう」

俺は出ばなをくじかれ、素直にうなずいてしまう。まったくその言葉通りのそのままなので、うなずくことに何らためらいはない。

「そこで、我々国家権力が介入するのです。その点はご心配なく」

「あ、そうすか」

何だか、まともに取り合うのがだんだんばかばかしくなってきた。

投げ遣(や)りな気分になった俺は、久光の隣に座っている男性に目を向ける。

ひょろりとした身体つき。大きい目は潤んでいて、草食動物を思わせる容貌だ。そこはかとなく樟脳の匂いが漂ってくる。

放っておいたら咀嚼反芻(そしゃくはんすう)を始めかねないようなソイツを指さし、俺は尋ねた。

「こちらの方は、どういう方なのでしょうか」

「よくぞ聞いて下さいました。彼こそがわが厚生労働省医療健康推進室が誇る期待のエース、アシスタントの業務遂行マシン三号です」

思わずテーブルに突っ伏す。何なんだよ、そのネーミング。

「あの、本名をお聞きしているのですが」

「残念ながら木佐さまのアシスタント業務を完遂(かんすい)するため、彼には半年間、名前と過去の経歴を一切合切、捨てさせております。ですから名前はありません」

げ。何もそこまで徹底しなくても。だが、抗議をしたところで、俺のいい分が通るとは思えない。なので、正面から抗戦するのは、ヤメにした。

「では本名を伺うのは諦めます。その代わり、こちらで勝手に呼び名を考えてもいいですか？」

一瞬考え込んだ久光は、鞄から書類の束を引っ張り出し、あちこち見始める。

やがて顔を上げると、言う。

「それは対象者のプライベート領域ですから、どうぞご随意に」

「では、明日からアニキ三号と呼ばせていただきます」

俺の言葉に久光が意味ありげな笑顔を浮かべて言う。

「アニキ三号、ですか。何だか南極一号を彷彿とさせますねえ。でもアニキ、なら南極三号よりも北極三号ですね。ところでつかぬことを伺いますが、木佐さまは、その、つまり、そういう方面のご趣味がおありなんですか？」

げ。まるきし見当違いのそっちの方向へと突き進むのか、あんたは。久光のとんでもない思い違いは早く是正しておかないと大変なことになる、と気づいた俺はあわてて両手を振って言う。

「そんなことはありません。そんな誤解をされるなら、アニキ三号はやめます」

「その程度でやめてしまうんですか。がっかりです。ご覧下さい。彼もしょんぼりしてます」

久光はしつこく言い立てるが、相手はもともと無表情なおっさんなので、感情の起伏はよくわからない。だがそんな風に非難されると、自分がヘタレの気がしてしまう。

「あ、でもやっぱり別の愛称にします」

俺はまじまじと男性を見て、それからおもむろに言った。

「ラクダ君、あたりでいかがでしょう」

すると業務遂行マシン三号がふるふると首を振る。

「いや、ワタクシとしましては、ラクダ君はちょっと……」

初めて耳にした業務遂行マシン三号の声は、掠れ気味のハスキーボイスだった。

「それなら、何とお呼びすればいいんですか」

「せめて、キリンさん、なら」

首の辺りだけ見れば、確かにどちらも似ている。

俺からすれば、ラクダでもキリンでも変わらないように思えるが、このやり取りで業務遂行マシン三号が自分なりの美意識は持ち合わせているようだということだけは、はっきりした。

俺がキリンさんで手を打とうとすると、久光稜治がぴしゃりと言う。

「ダメダメ、初めからそんななれ合いしてたんじゃあ、絶対ダメ。やっぱりここは初志貫徹しましょう。ね、アニキ？」

いつの間にか、俺は久光のアニキにされている。久光は業務遂行マシン三号に向かって言う。

「よし、お前の愛称は、南極三号で決まり」

すると業務遂行マシン三号は目を剝いて言う。

「違います、北極三号です」

俺はふたりの思い違いをただちに正す。

「どっちも違います。アニキ三号です」

「わかりました。では、ソレで」

アニキ三号は目を潤ませて、ぺこりと頭を下げた。俺は途方に暮れて尋ねる。

「ところで年休を取って何をするんですか？」

「人間ドックの検診を受けていただきます」

「三日間の年休を取るなんて不可能です。親父やお袋が死んだって、日帰りで葬儀を済ませて戻ってこいという会社なんですよ、ウチは」

久光は言った。

「大丈夫です。明日から健康増進プロジェクトを開始します。今日はアニキ三号につきそわせますので、明日からの年休は確実に取得して下さい。というわけで私はこれで失礼します」

そう言って久光は立ち上がる。扉のところまで歩いてから、くるりと向きを変えて戻ってきた。そして鞄から包装紙に包まれた小箱を取り出した。

「うっかり忘れていました。それはプロジェクト参加者全員への、ささやかなプレゼントです」

箱を開けると、中から出てきたのは、立派すぎるくらいの腕時計だった。

「いいんですか？　こんな高そうなダイバーウォッチなんかもらっちゃって」

久光はにっと笑う。

「この時計はプロジェクトの参加者の身分証代わりです。必ず腕にはめておいてくださいね」

久光は俺が腕時計をはめたのを確認すると、姿を消した。

俺は啞然とした。人を呼びつけておいて、コーヒー代も支払わずにトンズラをこいたからだ。さすが天下無双の国家権力の手先機関の一員だけのことはある。結局、俺がアニキ二号の分まで支払う羽目になったが、彼は、それがさも当然であるかのように澄まし顔をしていた。

6

俺はアニキ三号を伴い、会社に戻った。俺が戻るのを今か今かと待ち構えていた奈良課長は、俺を怒鳴りつけようとした口を途中で開けたまま、ひょろりと突っ立っている業務遂行マシン三号、もとい、愛称アニキ三号を見つめる。やがて咳払いをして、尋ねる。

「木佐君、君の後ろにいる、その、夏の盛りに間に合わなくて秋の終わりにようやく実がなったヘチマみたいな方は、一体どこのどいつなんだね」

正直、俺の方がよっぽど聞きたかった質問だ。なので、仕方なく正直に言う。

「彼は厚生労働省から派遣された、業務遂行マシン三号、通称アニキ三号です」

そして、心の中の愛称はラクダ君、と呟く。

ラクダ君が、すい、と一歩踏み出し、左手を突き出すと、奈良課長がびびって身を引いた。その手には一枚の名刺があった。遠目にも見て取れるゴチック体で、業務遂行マシン三号、と書かれていて、その下に携帯電話の番号と思われる数字が列記されている。

「ワタクシ、ひとつ確認させていただきたいことがございます。課長さまは先ほど木佐さまの時間年休申請を拒否されたとのことですが、それは国家体制に対する明確な批判行為だと思われます。ですので奈良課長ご自身にそうした認識があったかどうか、確認いたします」

「何だ、コイツは」

奈良課長のごもっともな質問に、俺は肩をすくめる。ひと言で説明するのは不可能だ。ラクダ君はこういう反応に慣れているのか、「名刺を裏返してください」という。奈良課長がひっくり返すと、目を見開いて黙り込む。

俺の脇腹が肘でつんつん、とつつかれた。顔を上げると、ラクダ君が意味ありげに目配せしている。俺はしばらくその意味を受け取りかねていたが、やがてはっと気がついた。

「あの、課長、明日から三日間、年次休暇を取らせていただきたいのですが」

奈良課長の叱責が口を突いて出そうになった、まさにその瞬間、ラクダ君のハイパーレーザービームのような視線が、奈良課長に向けられた。奈良課長ははっとして口を噤んだ。

奈良課長はしぶしぶ俺の申請書類にハンコをつくと、投げ遣りな口調で言う。

「明日から三日間の年休を承認する」

びっくりした。あれほど厳しいと言われていた年休取得が、実はこんな簡単にできてしまうようなことだったとは。だがそれよりも、やかましい奈良課長を一発で黙らせた、ラクダ君の名刺の裏側には何と書いてあったのかが気になる。気にはなるのだが今は、奈良課長の気が変わらないうちにこの場をとっとと立ち去った方がいいに決まっている。

俺は、目を丸くしている細川にウインクを投げて、奈良課長に言う。

「では、不肖・木佐は明日より三日間の年休を頂戴いたします」

奈良課長は苦虫を噛みつぶしたような顔をしてスポーツ新聞に視線を落とした。

「ねえ、業務遂行マシン三号さん、聞きたいことがあるんすけど」

するとラクダ君はふるふると首を振る。

「最初だからお答えしますが、今後はアニキ三号と呼ばれなければお返事はしません」

意外と気に入っていたわけね、この呼び名。俺は多少安心しながら、改めて尋ねる。

「じゃあアニキ三号さんにお尋ねしますが、どうやって奈良課長に年休を認めさせたんですか」

「ワタクシはただ突っ立っていただけです。ただし会社内の機構を変えるには外部の目が必要なのです。つまりあの場にワタクシが同席できたということが勝因なのです」

「つきそいがいればいいんですか？」

すると、ラクダ君は首を振る。

「でも、お母さまのつきそいではダメです。外部のちゃんとした立場の人間でないと」

自分を指して、〝ちゃんとした〟というなんて図に乗ってるな、と思いながら、さらに尋ねる。

「ところでアニキ三号さんは、晩飯はどうするんですか」

「ワタクシの勤務時間は八時半から四時半ですから、プライベートタイムに済ませます」

「ランチは？」

「ワタクシは、昼休みナシ、昼飯抜きの随意契約です」

「寝泊まりはどこでしてるんですか」

「木佐さまのアパートの近くの、とあるワンルームマンションを借り上げてもらっています」

「へえ、どこらへんですか？」

ラクダ君はふるふると首を振る。

「それは言えないルールなのです」

一瞬むっとする。だが別にラクダ君に個人的興味はないので我慢した。「暑くないんですか、そのセーター」と尋ねようとしたが、これは完全に個人の嗜好の領域なので自制した。

ラクダ君はちらりと腕時計を見る。

「まもなく五時ですので、本日はこれにて失礼します。ワタクシは明朝、九時ジャストにご自宅にお迎えに上がります」

「そう言えば、人間ドックの予約なんてしてないんですけど」

ラクダ君は草食動物のような目を、くわっと大きく見開いて、言う。

「木佐さまは、ワタクシのことを、一体誰だと思っていらっしゃるのでしょう。天下の厚生労働省、その下請けのプロジェクトチームの非常勤の臨時日雇いなのですよ。ドックのスケジュールを押さえることなど、ワタクシにとっては朝飯前です。見くびらないでください」

何だか、俺がラクダ君の逆鱗を思い切り踏んづけたらしいという気配だけはひしひしと感じたが、その逆鱗が一体どこなのか、という肝心の部分については正確に把握できない。

ラクダ君は口をもごもごさせ、ゆっくりと言葉を反芻咀嚼するようにして告げた。

「ちなみに、明日からスペシャルドックですので、今晩から一切の飲食は止めてください」

げ。そういう大切なことは、早く言ってくれないと。

ランチを食べ損ねたことを思い出す。その途端、激しい空腹感が襲ってきた。

7

翌朝。午前九時の一分前。呼び鈴が鳴った。

扉を開けると、ラクダ君が立っていた。

「それでは、ワタクシたち一行は、ただ今よりドックに向かいます」

一歩外に出ると、ギラついた太陽が眩しい。俺は昨日の昼から完全絶食状態だったので、多少ふらつきながら尋ねる。

「ドックの場所はどこですか？」

「笹月町(ささつきちょう)、です。ちなみにドックの予約時間は午後一時、です」

「それなら、今から出発するなんて滅茶苦茶、早すぎるじゃないですか。まだ九時ですよ？　あと四時間もあります。もう少し寝ていたいんですけど」

ラクダ君は目を丸くして俺を見た。

「木佐さまは学生時代、陸上部かサッカー部のエースか何かだったのでしょうか」

「そんなことないですけど。どうしてそんなこと聞くんですか？」

「もしも木佐さまが陸上関係のエキスパートでないのであれば、今すぐ直ちに歩き始めないと、とうてい間に合わないのではないかと思われるからです」

「ええぇ？　ここから笹月まで歩くんですか？」

ラクダ君はこくりとうなずく。そりゃ、君は砂漠をてくてく歩くラクダだから大したことはないんだろうけどさ、と思いながら頭の中でおおまかな距離を計算してみる。

今から歩き始めれば、確かにぴったりの時間に目的地に到着しそうだ。

「メトロとか使わないいんですか？」

ラクダ君は力強くうなずく。

「先日お渡しした、本プロジェクトに関する契約書はお読みいただいておりますでしょうか。本プロジェクトは、木佐さまに健康になってもらうのが目的ですので、五十キロ以内の移動はすべて徒歩、という規定になっております」

げえ、そんなことがあの契約書に書かれていたなんて。

俺は抵抗を諦め、とぼとぼ歩き始める。その後ろには、監視するようにラクダ君が続く。


ドックに到着したのは、まるで計算したかのように一時五分前だった。

真夏の陽射しは殺人的で、ぽくぽく歩いていると、汗だくになった。息も絶えだえになりながらようやく目的地に到着し、水を飲もうとした俺に、ラクダ君の叱責が飛んだ。

「何をなさるんですか。これから胃カメラがあるんですよ」

げ。水も飲めないのかよ。日本一健康になるって大変なことだ。

それでも健康推進センターに入ると、さすがに冷房がよくきいていて、人心地がついた。だが、一息入れる間もなくすぐにぶかぶかの上着と、だぶだぶのズボンに着替えさせられる。

ベルトコンベア上の未完成製品のように、あちこちの部屋をたらい回しにされた。腕を縛られ血液を抜かれ、耳当てから大音量の音を聞かされ、棒の前で気をつけをし、ベッドに寝かされて腹にべとべとのジェルを塗りたくられ、むりやり太い管を飲み込まされ、遠くの壁の小さな文字を読まされ、深呼吸させられ、胸にポッチを貼られ床で足踏みさせられ、小便を紙コップで受け、とまあ、ふだんなら絶対しないような奇妙なことばかりさせられた後で、ようやく解放された。

すべてが終わると、ツルツルした手触りの小さな紙の箱が手渡された。

「明日は大腸の検査ですから、今夜はこの箱の中身以外は一切口にしてはなりませぬ」

ラクダ君は、耳なし芳一につきそうお坊さんのような口調でいいながら、時計を見る。

「ちょうど四時半となりましたので、ワタクシはこれで失礼します」

「あのう、帰りの電車賃を貸していただけませんか？」

朝出るときに急き立てられたので、俺はうっかり財布を忘れてしまっていたのだ。

「五十キロ以内の移動は徒歩で、と申し上げたはずです。その範囲内で、ご自由にどうぞ」

朝九時に出てドックに到着したのは午後一時、つまり四時間かかったわけだ。

今は四時半。すると自宅着は午後八時半になる。おまけに俺は丸一日、絶食状態だった。

こんな調子で、やっていけるのだろうか？　……だが、今の俺には他に選択肢はなかった。俺はとぼとぼと帰途をたどり始めた。

真夏の太陽は夕方になっても原子炉のように熱かった。

8

翌朝。こころなしかつやつやした顔色のラクダ君が、朝九時一分前にチャイムを鳴らした。コイツはたっぷり食事をしたのだろう、それだけではなく、帰りは鼻歌を歌いながらメトロでラクラク、ああ、ラクだなどと呟きながら戻ったに違いないと思うと、気持ちがすさんだ。

でも天下の厚生労働省からの派遣者に逆らえる胆力は俺にはない。それでも大腸検査用の食事セットで少しだけ体力を回復していた俺は、立ち上がる。だが重湯みたいなお粥と、水みたいに薄いコーンスープでは、力が出るはずもない。

「では健康のため、今日も一日、張り切って参りましょう」

ラクダ君のハスキーな声が、耳道(じどう)でわんわんコダマする。俺は言い返すこともできず、質問する気力もなく、とぼとぼ歩き始めた。

今日の検査は昨日よりひどかった。尻の穴から管をつっこまれ、あれこれ観察されたりしたのだ。そして二時間半後。すべての検査が終了した。

ラクダ君は俺の顔を見て、言った。

「今日は業務が一時間早く終了したので、時間年休を取らせていただきます。あ、そうそう、明日も朝から検査ですので、午後五時以降は絶食でお願いします」

だが、ほぼ丸二日の絶食に近い俺には、ラクダ君に抗議する気力さえなかった。

三日目の朝。絶食が続いていたのに身体は軽く、世の中がクリアに見えた。

世間には絶食道場なる奇矯な場所があると聞いて、そんなところに通うなんて変態だと思っていたが、こんな爽やかな気持ちになれるのなら、そうした人たちの気持ちも少しは理解できる。

暑さは変わらないのに身体の周りを涼やかな空気が包んでいる。

行程のちょうど半分の地点で、ラクダ君が「足取りが軽いですね」と声を掛けてきた。

「ええ、身体が軽いんです。絶食の効果でしょうかね」

ラクダ君はうなずく。

「三日くらい何も食べずに生きられるという実感は大切です」

ドックでは、一日目と同じような検査に明け暮れた。血を搾り取られ、腹にジェルを塗られ、胸にポッチをつけて足踏みをさせられた。一通り済むと小部屋に案内されたが、しばらくして白衣姿の男性が入ってきた。医者かと思ってよく見ると、それはラクダ君だった。

「どうしたんですか、アニキ三号さん。白衣なんか着て」

ラクダ君は厳かに首を振る。

「アニキ三号とは誰のことでしょうか。私の名前はドック・オブ・ベイです」

ドックはドックでもドック違いなのでは、と思うが、腹ぺこで気弱なガイに成り果てている俺は、言い返せない。どこまで真面目なのか図りかね、仕方なく話に乗る。

「私のドックの結果はどうでしたか、ドック・オブ・ベイ」

「ドクター・ドック・オブ・ベイです」

〝ドック〟はドクターの略称じゃないのか。ああ、めんどくさいヤツ。空腹で目が回りそうな俺が黙っていると、ラクダ君はため息をつきながら、机の上にデータを広げ始めた。

「それではまず、木佐さまのデータをご説明します」

本職は医者なのではないか、と思えるくらい、ラクダ君の説明はわかりやすかった。要約すると、初日、俺の血はどろどろしていて、胃の粘膜は荒れ放題、心臓には不整脈が出て虫歯が三本、さらに糖尿病の一歩手前だったらしい。

「それが二日後のデータで劇的に改善しています。一体、こちらの御仁はどのような節制をされたのでしょうねえ」

あんたが強制した節制だよ、と言いたかったがやめておいた。褒められていることには違いないし、それが妙に快かったからだ。

ラクダ君は白黒の粗い画質の写真を二枚、机に並べた。

「これは肝臓の超音波です。こっちが初日、こちらは三日目の本日です」

俺は、その二枚の写真を交互に見比べながら言う。

「今日の肝臓は暗くて、元気がなさそうに見えますね」

ラクダ君は指を左右に振るのに合わせ、メトロノームのように首を振る。

「逆です。白く光っているのは脂肪の塊。脂肪まみれの肝臓が、三日間の節制であらびっくり。こんなきれいになりました、というわけです」

「じゃあ、このプロジェクトは大成功だったんですか」

ご機嫌な気分で言うと、ラクダ君は哀しげな表情になる。

「ここまではグッドニュースです。ここから少々辛い事実もお伝えします。よろしいですか」

「ちょっと待って下さい」

急に脅されて、胸が締め付けられるような気分になる。

深呼吸。

ラクダ君の白衣をちらりと眺め、俺は覚悟を決めてうなずく。

「まず小さいところから。木佐さまの胃には小さな潰瘍があります」

げ。それって小さな問題ではないのでは。

まあ、胃がきりきり痛むことはあったから、納得できる。

「薬を飲めばいいんですね」

「ふつうはそう勧めますが、木佐さまは厚生労働省認定の健康増進プロジェクト参加者で日本一の健康マンを目指しています。これは契約事項なのですが、人工的な治療は一切ゆるされないことになっているんです」

俺は唖然とした。病気を見つけておきながら治療はまかりならん、とは非人道的すぎるではないか。こんなことが許されていいはずはない。

「潰瘍をそのままにしろっていうんですか」

「潰瘍には原因があるので、原因を除去し自然治癒をめざしましょう」

何という気長な話だろう。

それでも確かにこの三日間の苦行で、俺の健康状態はかなり改善したといえた。なので、次もラクダ君の指示に身を委ねてみようか、という気にもなった。

「他には、脳の動脈瘤がみつかりました」

ぎくりとして、目を見開く。そんな重大なこと、あっさり言うなよ、ラクダ君。

「ですけど、大丈夫ですよ。気がつかないままに暮らしている人もいますから」

「気がつけば心配になりますよ。基本的には手術が必要でしょうから」

俺の声が、かすかに震える。ラクダ君は首を振る。

「このプロジェクトは人工的治療は禁じられています。動脈瘤は破裂しなければ問題ありません。ですので、できるだけ破裂しないような生活を心がけてください」

俺は、無責任に思えるラクダ君の言葉に怒りをかろうじて抑えて尋ねる。

「それってどういう生活ですか」

「怒らない、激さない、妬（ねた）まない、嫉（そね）まない、歯ぎしりしない、じたばたしない、うろたえないというナイナイ・シックスティーン、要は血圧を上げるような真似を一切しないことです」

出家した坊さんみたいな生活だなと思いながら、果たしてそんな生活が、この俺にできるだろうかと、かなり不安になる。するとラクダ君はきっぱりと言う。

「できるかな、ではなく、そういう生活をしなくてはならないのです。木佐さまには日本一の健康マンを目指し頑張っていただくわけですから」

そんな目的のために日々暮らしているわけではないんだがなあ、などと思いながらも、実は衝撃の宣告にばっちり動揺していた。

「これで全部ですか？」

「虫歯が三本ありましたが、これは歯医者で治療してもらってください」

歯医者は契約外なんだ、と考えながら、俺は気になっていたことをつけくわえる。

「最近、喘息が出るんですけど、健康診断ではどうだったんでしょうか？」

ラクダ君はびくう、と身を縮めて、がさがさとデータを漁り出す。

しばらくの間、データ用紙とにらめっこをしていたが、いきなり机に平伏した。

「申し訳、ありませんでした」

へ？　俺はきょとんとした。

「確かにIgE値が少々上昇してます。これは喘息サインで、うっかり見落としていました」

「喘息は自分で診断がつくから構いません。それよりも治療法について、ご指導ください」

「木佐さまは、何と寛大なお方なのでしょう。木佐さまの業務遂行マシン三号に任命されたのは、ワタクシの生涯において、輝かしい業績と喜びとして深く記憶され続けることでしょう」

褒められて悪い気はしないが、そんなことよりも実際の対処法を……。

「見逃しておきながら言えた義理ではないんですが、喘息を治す手段はありません。症状を軽減する対症療法があるだけですので、結果的には見落としても罪は軽い、ということですね」

そんな風に開き直られると、却って見落としを責め立てたくなるから、人のこころとはまことに不思議なものだ。ラクダ君は続けた。

「喘息の原因はストレス性の可能性が高く、その発症機序は胃潰瘍によく似てますから、同根かもしれません。やるべきことは、原因の除去です。ダメだったらまた次に何かを考えましょう」

俺はラクダ君の合理的な説明に納得した。

「年休は今日で切れますが、明日からどうすればいいんでしょうか」

ラクダ君はまじまじと俺を見た。

「どうすればいいか？　それは社会人の質問とは思えません。一社会人として、午休が終わったその翌日はどうすればいいかだなんてことが、おわかりにならないんですか？」

「いつも通りに会社に行く、とか？」

ラクダ君は机の抽斗から手持ちタイプの鉦を引っ張り出し、がらんがらんと部屋一杯に鳴り響かせる。

「正解、大正解」

俺はガクリ、と脱力する。あの、普通に言ってもらえればいいんですけど。

鉦を乱打しながら、ラクダ君はぼそりと言う。

「まさか木佐さまがアディクティヴ・シンドロームを発症するとは。このプロジェクトの新たなる問題点になるのかもしれません」

アディクティヴ・シンドローム。直訳すれば依存症候群、か。どう考えても誤解だ。こんな調子で振り回されていれば、相手に合わすより他に手はないだろう。

9

翌日。

今朝のラクダ君はいつもと違っていた。八時半に部屋の前にいたのだが、ドアのチャイムも鳴らさず、俺が挨拶をしても答えようとしなかった。

会社勤めの日はこういうモードなのか、と思って無視して歩き始めると、俺の背後をとぼとぼとついてくる。コイツは一体、何をしたいのだろう。

会社の玄関前で立ち止まると、ラクダ君もぴたりと停まり、それ以上近づいてこない。不登校児の付き添いモードかもしれない、と思い、気にせず出社することにした。

「木佐さま、エレベーターを使ったらダメですよ」

遠くからラクダ君が声を掛けてきたので、俺は振り向かずにうなずいた。


四日ぶりの出勤だ。五階のオフィスまで歩いて登るのはさぞ大変だろうと思っていたが、三日の絶食のおかげか、軽やかに駆け上れた。厚生労働省の優秀なプロジェクトのおかげで、明らかに健康増進が達成されつつある。社会のためとは正反対のことばかりすると言われている厚生労働省に、こんな素晴らしい企画を立案、実行できる力があるなんて思いもしなかった。

そう思いながらオフィスの扉をあけると、むっとする匂いが鼻腔（びくう）を襲い、くしゃみを連発した。

こんな悪い空気の中で仕事をしていたのか、俺は。

「おい、木佐、ちょっと来い。この見積もりは何だ？」

さっそく俺を見つけた奈良課長が声を掛けてくる。ぎりぎりと頭痛に襲われる。

こめかみを押さえて顔をしかめていると、背後のドアがばたん、と開いた音に続いてビブラートのように震える声が響いた。

「ストップ。それ以上、木佐さまを罵ってはいけません」

ぎょっとした奈良課長が顔を上げると、そこには駱駝色のセーター姿のラクダ君が立っていた。

「何だ、お前は。どうやって我が社に侵入した？」

その問いには答えず、ラクダ君は歩み寄ると、奈良課長の机に手をついて言う。

「アナタは人殺しですか？」

部屋が静まり返る。奈良課長は呆然として黙り込む。

しばらくしてようやく気を取り直し、言い返す。

「仕事上のミスを叱ると、殺人者にされてしまうのかね」

「結果的にそうなります。木佐さまは脳に爆弾を抱えています。胃も潰瘍に苛まれております。

その上、喘息持ちの虫歯持ちです。あと、ちょっぴりけちん坊です」

おい、最後の言葉は聞き捨てならんぞ。初顔合わせの喫茶店でも奢ってやったのに。

ラクダ君は俺の無言の抗議を一顧だにせず、とはいっても、よくよく考えてみれば口に出して言っていないのだからそれはごく当然のことなのだが、その調子で淡々と続けた。

「そんな木佐さまにとって一番のリスクファクターは、急激な血圧上昇です。別室で木佐さまの血圧をモニタしていましたが、急に数値がはね上がったのでワタクシがこうして駆けつけました。そうしたらこんな状況になっていたわけです」

俺は啞然とした。どうやって俺の血圧をモニタできたのか。ふと手元の腕時計を見る。

久光からのプレゼント、ダイバーウォッチの小窓が俺の鼓動にあわせて小さな光を点滅させていることに気がついた。そうか、コイツは血圧モニタだったのか。

ラクダ君の衝撃からやっとの思いで立ち直った奈良課長は、懸命に言い返す。

「仕事のミスをしたら、叱られても仕方ないだろう」

「ですので、殺人者になってもいいのですか、とお尋ねしているんです」

「この程度で殺人者になるなら、日本の会社の課長はみんな殺人者だぞ」

ラクダ君はふう、と大きく吐息をついた。

「アナタには何を言ってもムダのようですので、ワタクシが木佐さまのストレスの原因を緊急除去いたします。まずは叱責の原因となった書類を拝見します」

奈良課長がふんぞり返って紙片を投げ渡すと、ラクダ君は受け取った書類を眺める。上下左右に紙を動かしていたが、やがて顔を上げ周囲を見回す。そしてつかつかと細川真美に歩み寄る。

「この書類、何か不備がありますか？」

細川真美が「どうしてあたしに？」と尋ねると、すかさずラクダ君は答える。

「アナタがこの課で一番優秀だと、木佐さまから伺ったからです」

細川真美はちらりと上目遣いに俺を見る。心なしか、その頬が赤らんでいるようだ。

あれ、そんなことをコイツに話したっけ？　だが細川真美は書類を丹念にチェックし始めた。

やがて顔を上げると言う。

「あたしにはミスは見つけられません」

「課で一番優秀な細川さんが見つけられないミスとは、どんなミスなのでしょうか」

奈良課長は震える指で書類の一部を指さした。

「ここだ。ヘッダーの書類作成日の末尾がピリオドでなく句読点のマルになっている」

部屋の中が静まり返る。やがてラクダ君の声が厳かに響いた。

「文末がピリオドでなくマルになると、重大な瑕疵（かし）になるんですか？」

奈良課長は黙り込む。ラクダ君は携帯電話を取り出し、電話をかけ始める。制服姿の屈強な男性が二名到着すると、奈良課長の両腕を取り、立ち上がらせた。

「な、何をする」

「厚生労働省秘書課付コンプライアンス・センターに出動を要請しました。アナタをパワハラ容疑で拘束します」

目の前で引っ立てられていく奈良課長は、ちらりと俺を見たが何も言わなかった。

翌週、奈良課長が自己都合で退職したと掲示板に張り出された。

10

俺は奈良課長の後釜に座り、何と課長に昇進した。その後もラクダ君は陰になり日向になり、俺のストレス源を除去してくれた。社内のライバル、業界の競争相手。俺の邪魔者は次々に粛清され、とんとん拍子で出世の階段を上っていく。そんな俺に惚れ直したのか、細川真美は俺と真剣に付き合うようになった。

会社では出世、プライベートでは可愛い恋人、バックに厚生労働省。強力な布陣の下、ストレス源が次々に除去され、喘息も出ず、血圧も安定し、胃痛も収まった。歯医者で虫歯も治したし、順風満帆、五体満足、健康第一、まさに得意の絶頂だった。

俺は厚生労働省のプロジェクトの素晴らしさを身体中で感じていた。

ビバ、厚生労働省、ブラボー、健康。

だが、いいことは続かない。

プロジェクトの最終審査で、俺は残念ながら三人のモデルの中で最下位になってしまった。その結果、俺の身辺に重大な影響をもたらした。

ラクダ君が俺のアシスタント業務から外されてしまったのだ。

お別れが決まった朝、ラクダ君、いや、アニキ三号、いやいや、業務遂行マシン三号は哀しげな目をして俺にさよならを告げた。

その日を境に、俺の周辺環境はすべてががらりと変わってしまった。

好調だった課の業績が急降下した。そもそもラクダ君がライバルを蹴落としてくれていたおかげの業績だったから、彼がいなくなれば当然の帰結だ。

課全体の士気も低下し、奈良課長の頃と比べて業績は数ランク下がった。俺は降格に等しい部署異動をさせられた。喘息は再発するわ、血圧が上昇するたびに脳の動脈瘤が破裂する恐怖に怯(おび)えさせられるわ、散々なありさまだった。

そしてラクダ君が姿を消して一ヶ月後、俺は自主退職した。表向きは健康に自信が持てなくなったからという理由だが、本当は業績不振の責任を取らされての解雇だった。

三ヶ月後、会社は二回目の不渡りを出して倒産した。

※

俺は田舎に帰り、自給自足生活をしている。血圧も安定し、喘息も出ない。

あのプロジェクトのおかげで、俺の人生は大きく変わった。あのまま会社勤めを続けていたら、たぶん会社に殺されていただろう。

会社はクビになってしまったけれど、いいこともあった。今、俺の隣には細川真美がいる。

腹いっぱい食べられるのなら、どこへでもついていくという潔さで、加賀に引っ込む俺と人生を共にするという決断をしたのだ。畑でもぎたての真っ赤なトマトにかぶりついている細川真美の顔を見ていると、コイツこそ真の賢人なのかもしれない、と思う。

あのプロジェクトはたいそう好評だったらしく、後日、継続が決定したというお知らせが届いた。またどこかのさえないヤツが選ばれて、変てこな経験をさせられるのだろう。

俺一人を健康にするため、ちっぽけな会社が上を下への大騒ぎになり、あらゆる手練手管が行使された。そして俺は会社を辞め、会社も潰れた。ひと一人を健康にしようという、たったそれだけのことのためにそうなったのかと思うと、背筋が寒くなる。

たぶん、今の社会と会社は何かが間違っているのだ。

聞くところによると次年度のモデルには、税務署の落ちこぼれ職員とひきこもりの国会議員が選ばれたらしい。税務署員や国会議員を健康にするには、彼らにとっての会社にあたる税務署や国会を健全化しなければならない。すると俺のケースなど比べものにならないくらいのおおごとになるだろう。もしも選ばれたモデルが、世の中のことなど一切考えず、自分の健康や欲望の充足だけを考えるようなエゴイストだったら（まあ、俺もそんな輩の一人だったわけだが）、一体、そこにはどんな結果が待ち受けているのだろうか。

そう考えると、よくなりかけた胃の腑が再びきりきりと痛み出す。

くわばらくわばら。

緑剝樹の下で

■ verdigris〔名〕：【və́ːrdəgrìːs】ベルデグリ：緑青〔ろくしょう〕：銅表面の錆(さび)。青緑色。

■ エンパイア・ベルデグリ〔名〕：南アフリカ・ノルガ共和国の国樹。緑色の薄皮が剥(は)がれるので、緑剥樹(りょくはくじゅ)という別名がある。カバノキ科。

雨期が近づいているのだろう、空気にじとりと湿気が帯びる。

砂漠の縁(へり)にあるオアシスの街は十八世紀、ノルガ王国の首都として栄えていたが、今は内陸部の幹線道路から外(はず)れ、すっかり廃(すた)れてしまった。今この街に住む者は、街が没落して後に生まれ育ったので、そもそも繁栄していた時代のことはほとんど知らない。

第一次世界大戦前まで欧州の列強の陣取り合戦の餌食にされたアフリカ大陸は、熱病の巣窟でもあった。だから列強諸国が蚕食(さんしょく)したのは港から少し足を伸ばせば済む場所に留まっていた。

この古都は、ドゥドゥ語ではアポニ・ドラジと呼ばれるが、植民地時代の名残(なご)りで、今では英語に直訳された名で呼ばれている。

ステラ・キャメル。星空のラクダ。

内陸貿易の入口にして、南北交通の要衝。かつては降るような星空を見上げながら、長旅に疲れた隊商のラクダが身体を休める土地でもあった。見上げる夜空は澄んでいて、宇宙の果てまで見通せるのではないかと思えるくらいだった。

だが、平和だった街も、今は見る影もない。

内戦になり数年が経過し、ステラ・キャメルの半分は瓦礫と化した。家を壊された一家は泥壁の家で雨露をしのいだ。村はずれの廃屋にはハイイロハイエナが群れをなして徘徊し、薄墨色の空には猛禽の鳶が円弧を描いている。街角には間もなく死に至ろうとしている街が放つ、饐えた匂いが漂っていた。

瓦礫の中、奇跡的に残った小宮殿は、日本なら地方にある少し大きめの旅館だと言われても納得してしまうくらい、質素なたたずまいだった。ノルガの王族は質実剛健な暮らしを好んだからこそ政情不安定なアフリカで三百年にわたり、尊敬を勝ちえたのだろう。

反政府勢力の拠点であるにもかかわらず、共和国政権がステラ・キャメルを殲滅できずにいるのは、かつての首都だったためだが、ノルガ王国三百年の威光の残照でもあった。政府軍、反政府軍共に王族に対する尊敬の念は強く、内戦の真っ只中でもステラ・キャメルは他の街と比べれば平和が保たれていた。だが、そんな危ういバランスの上に成り立った一瞬の平和も、英明君主として知られるノルガの王、リヴィ・サンディエ陛下が、反政府ゲリラ軍へ過度の肩入れをしたことによって、脆くも崩れ去りつつあったのだった。

1

「セイ、今日は授業してくれるの？」

セイ、と呼ばれた男性は、パナマ帽を顔に載せ寝ころんでいた。

生い茂る大木の間に張ったハンモックからだらしなくはみ出た右手には、ノルガ王国の火酒（かしゅ）、クラマルタの青い瓶が握られていた。その傍（かたわ）らでは、黒人少年がハンモックを揺らしながら、男の答えを辛抱強く待っている。

木漏（こも）れ日の揺れをうっとうしげに手で払い、いっそう深くハンモックに沈み込もうとした男は、手にした瓶の蓋を開け、口をつける。そして一瞬、忌々しげに瓶を見遣り、無造作に放り投げる。カチリ、と乾いた音がして、空になった青い瓶は、山と積まれた空瓶の一群に紛れ込んだ。

そのまま眠りに落ちそうになった寸前、男は乾いた声で尋ねた。

「今、何時だ？」

「もう三時だよ」

男はパナマ帽を片手で摑（つか）むと、顔から除（の）けて、頭上に放り投げる。帽子はゆるやかな弧を描き、ぱさり、とハンモックを支える大樹の枝に引っかかる。まるで、そこが大昔から決められていた、帽子掛けであるかのように。

男は目を細めて、青すぎて仄（ほの）かに暗くなっている青空を見上げた。

少年は肩から提げた鞄から青い小瓶を取り出した。

「これ、父ちゃんの棚からくすねてきたクラマルタ。授業料だよ」

男はのろのろと身体を起こし、伸びをした。

「こんなことしたら、また父ちゃんにぶん殴られるぞ」

「だいじょうぶ。この間、親戚のおじさんが土産に何本か持ってきてくれたんだよ。父ちゃん、あれから仕事もしないで毎日呑んだくれているから、一本くらいなくなっても気がつかないよ」

男は、少年から手渡された青い瓶を陽にかざし、目を細める。

「どうしてお前はそんなに勉強をしたがるんだ？」

「セイが教えてくれたんだよ。勉強すれば敵から家族を守れるって」

男はハンモックから飛び下りると、少年の縮れ髪をくしゃっと揉んだ。

「お前は偉いヤツだ。わかった、今日は授業をしよう。ところで他のヤツらは？」

少年は首を振る。男は言う。

「ま、しょうがない。こっちも無理に教えてやろうなんて思ってないしな」

男は、少年から受け取ったクラマルタの青い瓶を置くと、寝床のハンモックから少し離れた所にある大樹をめざしてゆらりと歩き出す。少年は男を追いかける。


小宮殿の傍の緑地は、公園と呼ぶには整備不足だが、空き地と呼ぶほど荒れてはいない。その縁にある緑色の幹を持つ大樹は、緑地の境界に位置し、背後には湿気を帯びた空気に包まれた、鬱蒼とした森が広がっている。その大樹の下の木陰が男の教室だった。

青空教室は、午後の早い時間から夕方にかけて開かれる。午前中、男が目覚めないのはたいてい、前の晩にクラマルタを飲み過ぎたせいだった。

「ねえ、セイ、どうしてこの木の下でなければ教えてくれないの？」

「枝の張り具合といい、幹の加減といい、黒板を立てかけて勉強するにはちょうどいいんでな」

「でも、長老は、これは呪いの木だから、近寄るなって」

「俺が教えたいのは、そういうのは非科学的で間違った考え方だということさ。いいか、世の中で起こることには必ず原因がある。それなのに長老は原因を考えずに恐怖ばかりをあおる。そんなジイさんがこの木を嫌うから、わざとここで授業をしているんだ」

「だけど、シーポーもテンミも本当はセイの授業を受けたいんだ。だから、できればどこか他の場所で教えてくれると嬉しいんだけどなあ」

男は、黒板にチョークで書きつける音をきしませながら、投げ遣りな口調で説明する。

「贅沢を言うな。俺の本業は学校の先生ではなくて医者なんだから。それよりも今は繰り上がりの足し算を覚える方が大切だ。いいか、ここが繰り上がると十の位が一つ増えてだな……」

「十の位って足の親指だよね。不思議だね、セイ。手の指は一個なのに、足の指は十個になるだなんてさ」

それは十の位を理解させるための便法(べんぽう)だ。そして百の位をどう教えればいいのか、男はずっと考え続けている。少年はその生涯で百の位までたどりつけないかもしれないのだけれど。

そうやって和気藹々と教えていると、葉ずれの音がした。

振り返ると小さな目が、梢の陰からふたりを見つめていた。

「シシィ？」

少年が呼びかけると、木陰をかさこそ鳴らしながら、小さな女の子が姿を現した。

「トンバ兄ちゃん、シシィもお勉強したい」

「お前はまだ早い。家で兄ちゃんが教えてやるから」

「トンバ兄ちゃんのお話は、ちっともわかんない。シシィはセイがいい」

少年は困ったような顔をして振り返る。男は微笑する。

「勉強したければ来ればいい。誰でも大歓迎だよ」

ちょこんと切り株に座った少女は、ビーズの人形を抱きしめている。手渡した絵本を開くと、
男は英語の単語を読み上げる。

「ドール」

「ドール？」

「そのお人形のことだよ」

少女はビーズの人形を抱き締めて、「ドール」と言うと、細い腕をぽりぽりと掻いた。

その隣で少年が足の人差し指をさす。

「足の人差し指ふたつめで二十」

「おお、よくできたな」

少年は嬉しそうにうなずく。その時背後で声がした。

「そこで何をしておる」

振り返ると顔に深いしわを刻んだ長老が立っている。杖を大きく掲げ、今にも少年に打ちかかりそうだ。少年は少女の手を摑むと、風よりも速く草むらに姿を消した。

風にざわめく木陰を見遣り、長老が言う。

「またお前か。呪いの木には近づいてはならん、とあれほど言うておるのに」

「ここは涼しいからな。蚊が多いのがタマに瑕（きず）だが」

「そんなことを言っていると、今にお前にも祟（たた）りがあるぞ」

「祟りだって？　そんなものに縛られていたら政府軍には勝てないよ、長老」

男は緑の幹を撫でる。

「この木を見てると故郷を思い出す。故郷の木は白いからシラカバというんだ」

長老は男を見つめる。

「いいか、この木に近づくな。ここ以外だったら、どこで教えても構わない」

「そんなことを言う間は、絶対にここで続けてやる。俺が教えたいのは、英単語や計算じゃない。この世には呪いや祟りなんかないってことさ。闇雲な恐怖が、子どもの未来を殺すんだ」

その言葉を耳にした長老は、ぷいと草むらに姿を消した。

2

「セイ、セイ、起きて」

耳元で声がした。ハンモックが揺れ、夜風が頬を撫でる。目を開けると満天の星。男が上半身を起こすと、暗闇の中にふたつの目が光っていた。

「どうした？」

寝ぼけ声で尋ねると、少年は怯えた顔で男の服の裾を摑んだ。

「シシィが呪われた。すごい熱が出て、お化けが襲ってくるって大声を上げてる」

男はハンモックから飛び下り、枕元にある黒い鞄を摑んで立ち上がる。

「家に案内しろ」

少年はうなずき、暗闇に姿を消した。その気配を男は猟犬のように追跡する。


真夜中なのに大気はサウナ風呂のようだ。光のかけらもない夜道を進むと、カエルの鳴き声があふれている。道端には家畜の糞が積み重なり、異臭を放っている。この異物が片付くのは、次の雨期に土砂降りで洗い流されるまで待たなければならない、と思うと男は憂鬱になる。そんな気持ちを抱きながら、男は闇に溶けそうな少年の黒い輪郭を追う。やがて廃材で作られた掘っ立て小屋が、薄墨色の闇の中にうっそりと浮かび上がる。

小さな村落の入口から三軒目が少年の家だ。泥を塗り固めた壁の小さな家には、四方から熱風が吹き込んでいる。扉代わりの筵を撥ね上げ、男は少女の枕元に駆け寄った。少女は胸にビーズの人形を抱き、虚ろな目で天井を見上げていた。枕元に置かれた水盤の水は、濁った泥水だった。男は少女の額に手を当て、天を仰ぐ。

部屋の隅の暗がりから、しわがれ声がした。

「だからあの樹に近寄るな、と忠告したのだ」

昼間、男を叱責した長老が闇にうずくまり、上目遣いに男を睨みつけていた。男は言う。

「こいつは祟りではない。マラリアだ。四日熱か三日熱かわからないが」

「マラリアなら薬で治せるはずだ。その鞄に古今東西のまやかし薬が詰まっておるのだろう」

「キニーネはある。だが、こんな小さな子には使えない。毒性が強すぎるんだ」

「どう言おうと、お前のせいでこの子が祟られた事実は変わらない。だが、薬を使わないのは賢い選択だ。薬を使って治らなければ、お前の信用は地に墜ちるからな」

「セイ、セイ、シシィが死んじゃう。お薬をちょうだい」

少年は男の服の裾を摑んで揺する。男は苦衷に顔を歪ませながら言う。

「ダメだ。子ども用のピルはないんだ。今やれることは、全身を冷やすことだけだ。薬を使えば副作用で死んでしまう可能性がきわめて高い。わかってくれ。医学はバクチではないんだ」

男は、身体を固くして棒のように立ちつくしている少年の両肩を摑む。

闇の中から、体格のいい黒人男性がぬっと姿を現した。

「トンバが、あんたなら何とかしてくれるというから、長老の反対を押し切って呼んだんだ。何もしてくれないのならとっとと帰ってくれ」

男の肩を摑み無理矢理追い出そうとする。男は抗い、自分で立ち上がる。

「祟りなんか、絶対にない。シシィは病気に罹ったただけだ。だが、俺がいても意味がない、というのは正しい。薬も使えず手術もできないヤツは医者じゃない。単なるでくのぼうだ」

男は上目遣いで自分を睨みつけている少年に言う。

「ごめんな、トンバ。俺には何もできない」

「役立たず。セイのバカ」

少年は、全身の力をこめて男の身体を外に押し出した。男は暗闇の中に投げ出された。

二日後。少女は空に還り、男は、たったひとりの忠実な生徒を失った。

3

一ヶ月後、男がバザールを歩いていると、向こうから仲睦まじい親子が歩いてくるのが見えた。母親の腕には生まれたばかりの赤ん坊が抱かれていた。

すれ違った少年は、目を逸らす。そして男の姿をふり返りもせずに人混みに姿を消した。バザールの香辛料の匂いが、男の身体を包み込んだ。

男はベルデグリの木の下で一日の大半を過ごしていた。男がその場所を離れないのは、幼くして亡くなった少女への哀悼と鎮魂のためだと村人は理解していたが、男の元を訪れる患者はめっきり減った。治療費代わりに食料を得ていた男は窮乏し、やせ衰えていく。その姿を見て村人は、これはベルデグリの祟りだとひそかに言い合っていた。

ある日、男の傍らに一匹のインパラがすり寄ってきた。その足取りはよろよろと頼りなく、首筋に手を触れると、身体は燃えるように熱い。

「お前もこの木に祟られたのか？　弱ったもの同士、一緒にくたばるか」

男には、インパラが水を欲しているのがわかった。顔を上げ、耳を澄ますとかすかに水音がする。耳を頼りに水を探しに行くと、茂みの中に倒れた灌木があった。倒木なのに緑の葉がつややかだ。歩み寄り、その根本をのぞき込むと、窪みに清冽な水たまりがあった。

「おい、水だぞ」

振り返った男は目を見開いた。インパラは真っ黒な影に覆われていた。

村落の外れ、砂漠の入口にある石造りの建物が長老の家だ。果てしなく広がる大地に、夕陽がゆっくりと沈んでいくのを窓から眺めていた長老は、ノックの音に扉を開ける。

そこにはインパラの死骸を抱えた男が立っていた。

「不浄の死骸を、神聖な我が家に運んでくるとは無礼なヤツめ。帰れ」

「長老、頼みがある。この村のためだ。俺と一緒に来てくれ」

「緑剣樹（ベルデグリ）の祟りをもたらした悪魔が何を言う。お前のせいでシシィは空に召されたのだ」

「やっと悪魔の正体をつきとめたんだ。放っておくと、第二、第三のシシィが犠牲になるぞ」

「お前は信用を失った。もう誰もお前の言葉には耳を傾けないだろう」

冷たく言い放つ長老に、男は抱えたインパラの死骸をどさりと投げ捨てる。

「この件を終えたら、煮るなり焼くなり好きにしろ。だがその前に、頼むから一緒に来てくれ。ノルガの子どもたちのためだ」

長老は男を睨みつけたが、男は一歩も引かずに、インパラの死骸を指さす。

「俺はベルデグリの祟りの謎を解いた。話を聞いてほしいと言うのは、もうこれ以上、村の子どもたちをコイツみたいにしたくないからだ」

長老は黙り込み、動こうとしない。その時、部屋の奥から声がした。

「旅人の言葉に耳を傾けよ。それが我が父の教えである」

長老はうろたえて、目を泳（なが）がせる。

「は、しかし陛下、恐れ乍ら……」

男は振り返る。簾（すだれ）の奥から姿を現したのは、高貴な身なりの男性だった。年の頃は四十代か。めくれた御簾（みす）の陰に若い女性がベッドの側に座っているのがちらりと見えた。

「ノルガ王国第三十五代、リヴィ・サンディエ陛下がお見えになっていたとはツイてるな」

男は小声で呟くと、うやうやしく一礼する。王は静かに言った。

「トカイ、もう少し穏やかな言葉は選べないのか」

男は王と長老を交互に見る。

「陛下、私はただ、ノルガの未来のために少しお時間を頂戴したいだけなのです。どうか陛下のご英断を賜りたく存じます」

王の隣で長老が顔をしかめる。

「陛下、騙されてはなりませぬ。この者の軽率な行ないのせいで、ひとりの少女が空に召されました。この者こそ祟りを村にもたらす災厄なのです」

「祟りの謎の真相を聞いておかないと百年の大損になりますよ、陛下」

長老と男の言葉の狭間で、王は腕組みをして目をつむる。

窓の外で夕風が鳴る。やがて王は呟く。

「ヴィーダよ、この者を放逐するのは、話を聞いた後でもできる」

長老は眉を顰(ひそ)めて、うつむいた。男は手を打って王に言う。

「さすが王様、度量がでかい」

男は足取りも軽く、王と長老を従え、ベルデグリの木の下(もと)へと向かう。

三人は薄緑色の幹を持つ、巨木の下にたどり着くと、男が言う。

「この世界には祟りなどありません。少女が空に召されたのには理由がある。俺がもっと早くその理由に気づいていれば、シシィは死なずに済んだんだが」

男は唇を嚙みしめた。緑剝樹の大樹を通り過ぎ、灌木のあたりで足を止める。

「ここが祟りの源だ」

枝の陰に水たまりがあった。ゆらめく水面は、黒く艶光りを放つ平らな岩で蓋をされているようにも見えた。男が水面に指を触れると、金属音と共に埃が舞い上がり、黒いつむじ風となって空の彼方へと消えていった。

後には透明な泉の、きらめくような水面が残された。呆然としている長老に男が告げる。

「今のはモスキート、蚊の大群だ。さっきのインパラも、そしてシィもここでヤツらに襲われマラリアになったんだ。体温が高い子どももしか襲わない種類なのか、俺は無事だった。刺された痕が赤くならないから、新種の蚊の可能性もある。これがベルデグリの祟りの正体だ」

王はベルデグリの大樹の、緑の幹を撫でながら言う。

「わがノルガ民族は、水を求める嗅覚が鋭い国樹ベルデグリの後を追い、領土を拡大してきた。その国樹を祟りの原因だと誹謗しては、申し訳が立たぬ」

「まだベルデグリが祟りの原因ではない、ということは、証明されてはおりませぬ」

長老の言葉に、王は静かに答える。

「だがその考えが正しいとして対応しても、損はあるまい。トカイ、我々はどうすればいい？」

「しばらく経てば、蚊の連中はここに舞い戻る。そこで殺虫剤で一網打尽にして、あとはここに油を引けばいい。そうすればボウフラは呼吸ができずに死に、蚊は湧かなくなるでしょう」

「本当にその程度のことで祟りを防げるのか？」

長老の疑わしそうな声に、男はからりと笑う。

「たった今、陛下がおっしゃったばかりだろ。その程度で祟りが防げれば安いものだって」

4

その日を境に、祟りは潰滅した。男は相変わらずベルデグリの木の下で、ハンモックに揺られていたが、その足元には村人たちからの心尽しの食物が絶えることはなかった。

そんなある日、男の許に王からの使者がやってきて、恭しく口上を述べた。

「先日の有益な進言につき、陛下より褒美が下賜されますので、是非とも参内願います」

「気持ちだけありがたく頂戴しておく、とお伝えしてくれ」

「お願いです。陛下の御心に従い、どうか参内していただけませんでしょうか」

切羽詰まった口調の使者に、男は尋ねる。

「本当の用件は褒美ではないんだな？　医者が必要ならそう言え。遠慮は無用だ」

使者は跪き、精一杯の謝意を表した。男は手にした火酒を飲み干すと、立ち上がる。

夕闇の宮殿に足を踏み入れると、仄かに香の香りが漂ってくる。王はほの暗い広間で煌びやかな王族の装束を身にまとい、正装で男を出迎えた。

「トカイに言われた通り、殺虫剤を撒き、水たまりに油を引いた。退治した害虫の総数を今、司書に数えさせているところだ」

「蚊の死骸なんて数えさせるんですか？　ヒマな所なんだなあ、宮殿って」

「控えろ、無礼者」と司書が声を上げる。男はちらりと司書を見て、肩をすくめる。

「自分の感想も言えないとは窮屈な場所だな。だから性に合わないんだ」

王は司書に言う。

「この者の無礼の段は構わぬ。語り部は尊重されその言葉は記録されなければならぬ。蚊の死骸を数えるのも、史実を正確に語り部に伝えるための義務である」

「文字を持たなかったノルガ族はそうやって互いの物語に耳を傾け、相手を尊重しながら生きてきたのに、今やふたつの部族が骨肉の争いをしているんだから、救いようがないな」

王は苦しげな表情になる。男は続けた。

「それも歴史の一場面にすぎないのかもしれないな。だが、祟りが消滅したという事実は語り継いでいってくれ。事象が消滅しても、知識という形に変わり、残り続ける。それが積み重なったものが、医学というものになるんだ」

王は力強く頷いた。

「ああ、絶対に忘れない。今の言葉はノルガの物語の新しい一ページに書き加えられるだろう。そしてトカイ、お前は永遠の勇者として讃えられるだろう」

「そんなことはどうでもいい。死んでしまえば消え失せるだけ。ならば生きているうちに記憶を少しずつ手放していった方が楽だ」

王は目を閉じて何も答えない。やがて目を開けると、言った。

「わかった。しっかり記録させよう。ところで実は今日、トカイにわざわざ参内してもらったのは、診てもらいたい者がいるからなのだ。……私の息子だ」

王の言葉に男の目が細くなり、鋭い眼光が、開いたカーテンの奥を射抜く。

そこには先日、長老の家で見た女性が座っていた。そして彼女が寄り添っているベッドには、一人の少年が横たわっていた。


名前と年齢を尋ねられ、皇子はかすれた声で「アガピ。七歳」と答える。

皇子の上半身を裸にして、視診した。首筋に指を触れる。

皇子の胸に聴診器を押し当てると、皇子は男の指示通り、従順に深呼吸を繰り返す。

「苦しいか？」

「寝ていて話すのは平気。でも、走ると苦しい」

「友人と鬼ごっこをしていた時、急に倒れて」と、女性が補足する。

「どのような具合だ？」と王が尋ねると、皇子の身体のあちこちに触れていた男は顔を上げた。

「この子は、病気であり、そして病気ではない」

「トカイ、お前は余を愚弄するか」

「とんでもない。病気というのは、医療があって初めて存在する。医療がないところには診断もなく、診断がなければ病気も存在しない。俺は病気と判断し、長老は祟りと言うだろう。陛下が本当にご所望なら、西洋医学に基づいた予見を教えて差し上げますが」

「それを聞きたいのだ。教えてほしい」

男は肩をすくめて答える。

「この子は一年以内に空へ還るだろう」

傍らの女性が、男の言葉の冷ややかな響きに身を固くした。王は急き込んで尋ねる。

「何とかならないのか」

「無理だ。とてつもなく高度な手術が必要になるが、ここには設備がない」

「何とかしてほしい。できることは何でもする」

「何でもする？　それなら手はある。政府軍と和平協定を結べ」

王はうつむく。

「余にも、できることとできないことがある」

「なら諦めな。紛争ひとつ解決できないなら、この子を助けるなんて土台無理な話さ。この子に必要なのは、肥大した心臓の一部を切り取るという、難度の高いバチスタ手術だ」

「ならば、その手術ができる病院を紹介してほしい」

「この手術の名手は米国にいて、俺とは顔見知りだから、紹介はできる。だが、国交がなければ無理なんだ。各国の領事館を追い出したのはあんたたちだ。内戦勃発時に、各国の領事館が一斉に退去を考えている、一度そうなってしまったら元に戻るのに十年かかるから、なんでもいいからとにかく和睦しろ、と言ったよな？　今さら遅いんだ」

「……いかにも。だが、余はその方の忠告に耳を傾けようとはしなかった」

王は苦い薬を飲み込むような表情をする。男が朗々とした声で続ける。

「結局、あんたらは面子(メンツ)にこだわり、それがノルガの混乱につながり、外国の病院に患者を紹介できなくなった。大人の面子が病気の子どもを見殺しにしたんだ」

「だが、国が滅びては元も子もないではないか」

「それは違う。国が滅びても医療は残る。王族が滅びても、住民は困らない。だが、医療が壊れたら住民は大変な思いをする。だから政治と医療を分離しなければ、民が滅びてしまうんだ」

「無礼者。それ以上言うと近衛兵に粛清させるぞ」

傍らの司書が大音声(だいおんじょう)で言う。男は司書を睨み、言い放つ。

「粛清したければするがいい。だが、今の言葉はしっかり記録しろ。それが、司書の役割だ」

司書の指先は凍えたように動かない。男はつかつかと歩み寄り、その手から筆を奪い取る。

「口伝(くでん)伝承の時代が長く、今世紀にようやく筆記にたどりついたノルガの民にはわからないだろうが、ペンは過去の事実を伝えるだけではなく、未来への道を切り開くこともできるんだ」

すらすらと書き付けた紙を王に手渡した。王は紙片を凝視し、首をひねる。

「これはまじないの呪符(じゅふ)か？」

王から手渡された紙片に視線を走らせた皇子は、顔を上げると小さな声で言った。

「僕、心臓の手術をしなくちゃ死ぬんだね」

「英語が読めるのか」と、男が目を見開くと、王が言う。

「皇子はノルガの新しい風なのだ。こんなところで見殺しにするわけにはいかないのだ」

男は手紙に封をして皇子に手渡す。

「これはまだ見ぬ医者への手紙で紹介状と言う。君の病状を書いてある。これを医者に渡せば話が早い。もっとも、医者のところに無事にたどりつければ、の話だが」

その時、大音響が轟き、続いて硝煙の匂いが漂ってきた。王は顔を上げる。

隣に佇む近衛兵が王の目配せにうなずき、姿を消す。

「政府軍の侵攻だ。砂漠の牙・サンタクルス将軍が直々に出陣してきたようだ」

男にそう言って、王は水晶の首飾りを外し、男の首に提げた。そして抜き放った刀身を光にかざし、確認しながら説明する。

「これは王族の通行証だ。この通行証を使って皇子を医師に送り届けてほしい」

「やなこった。そんなの自分でやれ。あんたが連れて逃げろよ」

首飾りを返そうとする男の手を押しとどめて王は首を振る。

「サンタクルスが直々に侵攻してくるのは、余の首実検のためだ。余と行動を共にすれば皇子の命が危ない。トカイに頼むしかないのだ」

迫撃砲の音が響く。天井から細かな石片がぱらぱらと落ちてきた。近衛兵が駆け込んでくる。

「西の回廊が突破されました。陛下、どうぞご指示を」

「西門は放棄。守護部隊は本宮殿に集結し、東門を死守せよ」

その言葉に拝跪すると、近衛兵は風のように姿を消した。

お付きに甲冑を身につけさせながら、王は男を振り返る。

「トカイ、頼む、この子は我々の希望なのだ」

ひとひらの言葉を残し、王は男の前から姿を消した。振り返ると、お付きの女性がすがりつくような目で男を見つめていた。そこに激しい砲声が響く。

「わかったわかった。ただしつき合うのは包囲網を突破し、国境なき医師団の宿営地まで、だ」

男が肩をすくめると、女性は何度も両手を合わせ頭を下げる。男は小声で吐き捨てる。

「ち、天ってヤツは、どうしていつも厄介事ばかり俺に押しつけやがるんだ」

鞄から取り出した包帯で女性と皇子の顔をぐるぐる巻きにし始めた。目の部分だけ少し開け、頭のてっぺんから鼻の頭まで白い包帯で包まれた皇子は小さく咳き込んだ。

「苦しいか。だがこの窮地を脱出できなければどうせ死ぬんだ。だから死んだ気で走れ」

男が鞄から取り出して手渡した一枚の布には、真っ赤な十字架が染め上げられていた。

「俺が倒れた後で敵兵と遭遇したら、コイツを掲げろ。これは世界共通の怪我人のしるしだ。戦闘が国際法を守っているなら、これで突破できる。ただしお前が王族だとバレなければ、だが」

砲声が響きガラス窓が震えた。着弾が近い。男は背後に寄り添っているふたりを振り返る。

「覚悟はいいか？　それじゃあ、行こうか」


七日間続いた政府軍とゲリラの戦闘「ステラ・キャメル攻防戦」で砂漠の牙・サンタクルス将軍はステラ・キャメルの街に壊滅的ダメージを与えながらも、ノルガ王のリヴィ・サンディエ陛下と、アガピ・アルノイド皇子の捕捉に失敗した。このため作戦は後世、「破れた檻」と呼ばれ、現ゲリラ軍である旧政府軍の巻き返しが始まるターニングポイントとなったのだった。

5

半年後、国境なき医師団から、一人の少年が日本の大学の心臓外科チームに移送された。

少年と共に運ばれた資料の中に一本のビデオがあった。国境なき医師団の宿営地の入口に設置された監視カメラのビデオだ。冒頭、赤十字の旗で身を包んだ女性と少年、そしてその背後にひとりの男が付き添っている。兵士が向けた自動小銃の銃口に臆せずに、男は告げた。

「米国のサザンクロス・ホスピタルのドクター・ミヒャエルにこの子を紹介してくれ。拡張型心筋症の第四期で一刻の猶予もない。いいか、頼んだぞ」

「ちょっと待て。今、ドクターを呼ぶ」

「俺は急ぐ。詳しいことはその手紙に書いてある」

付き添いの男は背を向ける。銃を構えた兵士がその背中に声を掛ける。

「これからどこへ行くつもりなんだ？」

兵士の問いかけに、男は振り返らずに答える。

「ステラ・キャメルに戻る」

「無茶だ。あそこはゲリラ軍と政府軍が入り乱れて無法地帯になってるぞ」

男は振り返り、困ったような笑顔になる。

「しょうがないさ、あの街に忘れ物をしてきたんだ」

「どうだっていいだろ、忘れ物なんて。今、あの街に戻るのは自殺行為だぞ」

「そうはいかないのさ。忘れ物は俺の生徒で、大切な友達だ。それにせっかく百の位の覚え方を思いついたから、今すぐ教えてやりたいんだ。何しろ勉強熱心な、いい生徒なんでね」

「百の位だって？　一体何の話をしてるんだ？」

男は警備兵に向かって、右手の人差し指を立てる。

「算数だよ。一の位は手の指、十の位は足の指、すると百の位は足の指が十本ある友達の数で数えればいい。トンバは友達が多いし、頭がいいヤツだからすぐに覚えるさ」

「病院に紹介しろというから医者なのかと思っていたが、お前は教師だったのか」

「いや、どちらでもない。俺は医者というには非力だし、教師と呼ぶには不誠実すぎる」

淋しそうに笑った男は、その微笑を吹き消すと、画面から姿を消した。

その後、砂嵐のような粗い画面は、荒涼とした砂漠を映し続けた。

映像が途切れる寸前、遠くで銃声が響き、画面は暗転する。

そのビデオは今も、大学病院の資料センターの地下室の片隅にひっそりと眠っている。

ガンコロリン

1

「博士、ついにやりましたね。長年頑張ってきた甲斐があったというものです」

茫然自失している倉田教授の隣で、助教の吉田が感極まった声を出す。倉田教授はグラフ上の輝点を凝視していた。そう、このドットさえ出ればノーベル賞級、いや、それを超えるかもしれない大発見をしたことになる。

「これで、ほろほろ鳥のひらめきが……」

そう呟くと、吉田がすかさずフォローする。

「テトラカンタス酵素の相転換がレフトスピンに振れるプロモーション・エフェクトは、理論上は予想されていましたが、これまでは証明されていませんでしたからね」

痒いところに手が届くような説明を聞きながら、倉田教授はしみじみと助教の吉田を見つめた。

倉田教授は天才的なひらめきを何発も連発できる、スター研究者だ。だが、そんな彼には欠点がある。ひどい口べたなのだ。それも致命的なほど。学会発表が拙い、などというレベルではない。人前に出ると、失語症的な譫妄状態になってしまうのだ。

今回の発見は、「ヒトの正常発生時の最終段階においてテトラカンタス酵素の相転換が、癌遺伝子ギルバートZの初期発現段階におけるトリポリソームAの抑制遺伝子として機能する」ということでテトラカンタス症候群という、早老病に対する治療法にも応用できる。この事象が確定されれば、悲劇的な遺伝子異常疾患に対し、劇的な治療法を提供できる。

ややこしく聞こえるが、専門家が聞けば、なるほど、と即座に膝を打つくらいの基本反応で、簡単に理解できる。ところがこれが倉田教授にかかると、単語が無関係な物体になってしまう。たとえばテトラカンタス酵素は緑のサイコロに変わってしまい、気がつくとこの世紀の大発見の説明は「緑のサイコロが、真っ赤な棒になる前にころころ転がり、緑のお月さまになる」という童話になるという按配だ。これではまるで、研究に行き詰まり幼児退行した研究者だ。

だが、天はこの天才を見捨てなかった。入局してきた新人の吉田がなぜか、倉田教授の言葉を完全に正確に翻訳できたのだ。奇妙奇天烈な倉田語を聞くとぱちんと手を打ち、「なるほど。トリポリソームAとの関係を位置づける、ポロッターPの発現上昇を証明できれば、この律速段階の反応が制御できるんですね」と、打てば響くように答えてくれるのだ。

学会発表の時は、倉田教授は喉を痛めているということにして、吉田が側に侍り、質問に対する倉田教授のおとぎ話的な回答をすかさず翻訳するというやり方で乗り切ったのだ。

「赤いロウソクが大河を渡るときに必要な、黄色いフェリーの時刻表を調べる」という倉田語を、「その問題はリバプール遺伝子群のサッカリン統御問題に帰結すると思われます」と瞬時に吉田が通訳するわけだ。

考えを口にする寸前までその説明とまったく同じ文章が浮かんでいるのに、いざ言おうとするとなぜか、「黄色いドラム缶」だの「屋久杉のトックリ」などという得体の知れない言葉に自動変換されてしまうんだということを正直に告白すれば、あるいは倉田教授は精神科領域の大スターになれるかもしれない。だがひとつ間違うと、お笑い芸人界に引きずり込まれてしまうという危険もある。

こう書くとお笑い芸人をバカにしているかのように思われるかもしれないが、実は正反対だ。お笑いの世界ほど競争が激しく、ライバルの凄さを感じさせる領域はないと思っているが故のリスペクトであり、リスペクト故の敬遠なのである。

敬遠という言葉の真意通り、敬して遠ざける、ということである。

さて、今回の画期的な研究成果をひとことで言うと、「飲むだけで癌を抑制できる、夢の予防薬ができた」ということだ。素人でもそれが画期的な新薬だと理解できるだろう。

何しろ素晴らしい発見だった。この反応が証明できれば、安価な基本薬、ペニシリンに数回、簡単な化学反応をさせるだけで、癌の予防薬と特効薬が同時に出来てしまうのだから。

「そうそう、何せこのコンニャク大魔神は無敵だからな」

倉田教授がそう言うと、助教の吉田は珍しく顔を歪めた。

「教授のクセは重々承知しておりますが、さすがにこの薬をコンニャク大魔神というのだけは、何とかなりませんか？」

「吉田君はコンニャクが嫌いなのか？」

「いえ、そういうことではなくてですね……」

吉田は言い淀んでいたが、やがて意を決して顔を上げると、続けた。

「この世紀の大発見の後には、取材が殺到するでしょう。もちろん先生のお側で翻訳させていただきますが、何しろノーベル賞級の発見ですので、私が対応できなくなる可能性もあります。ですので、せめて名前くらい、ご自分で言えるようにしていただけないでしょうか」

倉田教授は納得した。だが、納得することと対応できることは違う。

だいたい倉田教授の中ではこの夢の癌特効薬がコンニャクで出来た大魔神像に自動変換されてしまうのだから、今さらどうしようもない。だが、吉田は根気強く、問いかける。

「何か他のイメージになりませんか。そうすれば言い換えのヒントが見つかるかもしれません」

倉田教授は助教の吉田の言う通り、自分の中の夢の癌特効薬のイメージを変形させてみる。するとコンニャク大魔神はぐにゃぐにゃと動き、黒い丸い物体になった。

「……おにぎり」

吉田は呆れ顔で言う。

「コンニャクからおにぎりですか。よっぽどお腹が空いているんですね、倉田先生は」

倉田教授は首を振る。もともと彼は草食動物のように小食なのだ。

すると倉田教授の心象風景の中で、海苔に包まれたおむすびがころりと転がった。

「……おむすびころりん」

「やれやれ、日本昔話に逃避するなんて、私がいじめっ子みたいじゃないですか」

次の瞬間、吉田は口の中で何かをもごもごと言い始める。そして倉田教授に言う。

「ん？　待てよ、おむすびころりん……先生、ころりん、というイメージだけ残せませんか？」

自分の中のイメージを操作される経験は初めてだったので、多少戸惑い、少々むっとしながら目を閉じて考える。すると夢の癌特効薬兼予防薬はコンニャク大魔神から丸いおむすびに変わり、それがころりと転げて輪郭だけが残された。そのイメージが、そのまま口をついて出た。

「ガンコロリン」

吉田はぱちんと手を打つ。

「素晴らしい。倉田先生、この薬の名前はガンコロリンにしましょう。癌の特効薬ですから、癌がころりんするイメージです」

倉田教授は言われるがまま、ガンコロリン、ガンコロリン、と繰り返してみた。すると倉田教授の中で特効薬のイメージと、ガンコロリンという言葉の響きがぴたりと重なり合った。どれくらいぴったりかというと、ガンコロリンの前では、コンニャク大魔神もおむすびころりんも入り込む余地がないくらいのフィット感だった。

助教の吉田はほっとした顔で言った。

「よかった。これなら倉田先生のけったいなイメージに引きずられずに、冷静に翻訳できます」

わがことのように喜んでいる吉田を見ているうちに、研究が一段落したら、奮発して、カニをご馳走してやろうと思った倉田教授なのであった。

2

サンザシ薬品の創薬開発部の木下（きのした）部長は悩んでいた。正確に言えば、部屋で息を潜めて木下をちらちらと見ている部下たちに、悩んでいるように見えるよう振る舞っていた。

ただし、フリだからといって、本当に悩みがないというわけでもない。実際には悩みは深かったが、木下は深刻ぶる性格ではなかった、というだけだ。

営業上がりなのに、ひょんなことから開発部門のトップに祭り上げられた。それは、社内の政治力学の賜物だ。ライバルは異例の出世を羨んだりやっかんだりしたが、本人にしてみれば、さほどおいしい状況ではない。営業部から引き離されたため、接待費を使えなくなり、クラブやスナックの飲食代をねじこめなくなった。木下のプライベートライフは貧弱になっていたのだ。

——これなら、営業課長のままの方がよかった。

開発部部長の悩みは、根深い。創薬開発部は新薬を作り出す研究部門だが、画期的な新薬などそうそうできるものではない。試験管レベルでの実験段階でいけると思っても、次段階のマウスの実験レベルで致命的な副作用が出現してお蔵入り、などという新薬の前段階まで行ければ大したものだ。新薬の製品化など滅多になく、ましてや、その薬が爆発的に売れるなどということは、少なくとも木下は、一度も見たことがない。

そんなサンザシ薬品がここまで生き延びてこられたのは、日本的な企業体質を徹底的に追求したおかげだ。独創的な新薬が出るとすぐにコピーし、売り出す。こうした薬をゾロ薬と呼ぶ。「マラソンの先頭ランナーは辛い。二番手で行き、ラストでトップに躍り出るのが効率的だ」というのが先代社長の決まり文句だった。つまり開発は二の次、ゾロ薬を徹底して売り伸ばし、セールスでナンバーワンになれ、ということだ。だからサンザシ薬品では営業部が花形部署で、その花形部署のトップセールスを誇ったのが、若き日の木下だったのである。

だが、サンザシ薬品はゾロの帝王、怪傑ゾロリだなどと自画自讃して悦に入っていた先代社長は、突然の肺炎でぽっくり亡くなった。跡を継いだ二代目社長は真面目だった。二代目はロクデナシ、というのが通り相場だが、この二代目は違った。たぶん、ケセラセラの先代社長を反面教師としたのだろう。

真面目の上にクソがつくくらい真面目な二代目は、先代の四十九日の喪が明けるのを待って社長に就任すると、翌週から勇躍、社内の機構改革に乗り出したのだ。

ゾロ薬のサンザシ薬品、というレッテルを剝がすべく、創薬開発に力を入れる方向にシフトするという、これまでの社是をひっくり返す一大方針転換だった。誠に志が高く、まっとうすぎて古参の重役連中も反対できなかった。もっとも、強力なワンマン社長の下、イエスマンばかり揃えた前社長の腹心たちに、新社長に異を唱える硬骨漢もいなかったのであるが。

営業課長の木下が社長室に呼び出されたのは、そんな社内機構改革の真っ只中のことだった。

「木下君、君はサンザシ薬品を牽引してきてくれたトップセールスマンだ。その突破力を生かし、これからは創薬開発部門の再生に尽力してくれ」

木下は途方に暮れた。自分は薬の売り子としては有能だが、創薬などできるはずがない。がまの油売りが、がまの油を自分では作れないのと同じ理屈だ。

だが、異議を唱えることはできなかった。どこからどうみても部長の椅子は栄転だし、社長の所信表明演説で、創薬部門がこれからの主力になることも決まっていた。断る理由などどこにもなく、会社を辞めますとでも言わなければ誰も納得しないだろう。しかも木下はサンザシ薬品が気に入っていたので、辞める気持ちなどさらさらなかった。

人が羨むような栄転辞令をしぶしぶ受けたこの瞬間、サンザシ薬品から有能な営業課長がひとり消え、無能な創薬開発部部長がひとり誕生したのだった。


そもそも、他の会社の画期的な薬を効率よくパクって新しい薬に見せかけることに粉骨砕身すればよい、という前社長の方針を頑なに守り続けた創薬開発部門の研究者たちに、いきなり画期的な薬を作れと方向転換を指示したところで、できるはずもない。人間通だけあって、そうした内部事情を看破した木下は、新社長に気づかれないよう、こっそり方針転換した。

ある日、木下は部のメンバーを全員集めた朝礼で言った。

「諸君はこれまで、画期的な薬を作る工夫をしたことなど、一度もない。そうだな？」

全部で五名の部員は顔を見合わせたが、一番年かさのキャップの多々良（たたら）が答えた。

「おっしゃる通りです、部長」

コイツは上司に対し、この言葉ひとつで済ませてきたんだな、と確信した木下は咳払いをする。

「ところが新社長は画期的な薬を開発せよ、とのご命令だ。しかしこの一ヶ月、諸君の働きをみていると、そのような気持ちが薄いように思われるがどうだ？」

「おっしゃる通りです、部長」

木下は憮然とするが、話を進める上ではこの答えの方が都合がいいので、続ける。

「そこで諸君に提案がある。私は新社長の命令に従いつつ、その中身を少しだけ修正しようと思う。画期的な新薬をここで開発するのではなく、新薬を開発している大学の研究室とタイアップするのが一番効率がいいように思うが、どうだろう？」

「おっしゃる通りです、部長」

さすがに多々良に対してちらりと殺意が浮かんだが、木下はそれを呑み込んで、言った。

「諸君と基本合意ができたところで、今後の方針を指示する。大学の薬学教室との共同研究企画を提出したまえ。ただし東京の大学は除外する。新幹線で少なくとも一時間以上かかる小都市にありできればこれまで目ぼしい業績がない大学が望ましい」

「お言葉ですが、後の方の条件の意味がよくわかりません」

質問したのはこの中で一番若い女性、といっても三十代半ばで未婚の大浜だ。

「理由は簡単だ。業績がなければ、協力金を値切れるだろ？」

業務提携の費用を極力抑えるため、こうした条件を出したのだが、木下にとって東京から新幹線で一時間以上かかる場所、という条件の方が重要だった。交通費を誤魔化し、遊興費として落とすためだったからだ。

こうして木下は、新しい枠組みを提案し、独創性のない部員たちと折り合いをつけた。あとはたまに巡回にくる新社長の目を誤魔化せばいい。それは木下にとってはお手の物だ。そうやって木下は出世街道を駆け上ってきたのだから。

かくして、三ヶ所の研究協力大学が選定された。

木下がかつて営業で勤務していて土地鑑がある、桜宮市の東城大学。

木下はうどんが大好物だったので、四国の金比羅大学。

そして北海道は雪見市にある極北大学である。

ちなみに木下はカニも大の好物だった。

一年が過ぎ、研究協力大学からの吉報はなく、社長が木下を見る視線がとげとげしく感じられ始めていた。なので木下は、いかにも悩んでいるように見える素振りをしていたのだった。

そんなある朝、電話が鳴った。応対していた大浜が「直ちに検討させていただきます」と答えて電話を切ると、木下の机にやってきた。

「極北大の倉田教授から、画期的な薬を開発したとの報告がありました」

ここのところ、画期的な薬を開発した、というのは部下たちの報告での枕詞になっていたが、「眠たくなってから飲むとよく眠れる薬」（眠たくなれば飲まなくても眠れる）だの、「講演会の前に飲むと滑舌がよくなる薬」（講演会に出るという対象者が少ない上、講演会に出て喋るようなヤツはそんな薬を飲もうなんて思わない）など、どうでもいいような薬ばかりだった。

木下が鼻毛を抜きながら「どんな薬だって？」と尋ねると、大浜は半信半疑の口調で答えた。

「ガンコロリン、だそうです」

その瞬間、木下の脳裏に、おむすびころりん、という昔話が浮かんだ。小学校の学芸会で主役のおじいさん役を演じた自分が、あたふたとおむすびを追いかけて小さな穴に吸い込まれていくという芝居をした時の感覚が鮮やかに蘇った。

3

木下は大浜と共に北海道へ向かった。極北大学薬学部・倉田研で開発されたガンコロリンという新薬の中身を確認するためだ。こうした場合、現地に飛ぶ必要はなく、東京に来てもらっても構わない。東京で接待を受けられるから、相手にもその方が喜ばれたりする。だが木下は即座に極北大行きを決定した。冬の真っ盛り、カニも真っ盛りの季節だったからである。

こうした場合、部長の木下に同行するのは開発部キャップの多々良だが、今回は本人の強い希望で、電話を受けた大浜を帯同することになった。木下が渋面になったのは、女性の部下が一緒だと仕事の後のお楽しみ、ススキノ探訪がオジャンになってしまうと心配したからだ。

だが、大浜が同行したがった理由は他にあった。実は大浜もカニが大好物だったのだ。

大浜が隠し持った真の同行理由を、機上での会話で探り当てた木下はひそかにほくそ笑んだ。

これならカニさえ食べさせておけば、仕事の後に羽を伸ばしても、問題なさそうだ。

だが同時に、こんな風にとんとん拍子に行く時は、得てして落とし穴があるものだということを、木下は長年培った経験から予感していた。そして木下の予感は半日後、ずばり的中してしまう。そう、木下の一行はカニを食することはできなかったのだ。

機体が降下します、というアナウンスに反比例して、期待を上昇させていたふたりに、そんな悲しい未来が待っていることなど、想像すらできなかった。

※

「うう、しばれますねえ」

大浜が両肘を抱き、ぶるりと震える。地味な顔立ちなのに、粉雪が舞う北国の白い町をバックにすると、そこそこ可愛くみえてしまうのは、〝スキー場での美人度二割増しの法則〟だろう。だが、思い切り厚着のその姿は灰色の雪だるまのようにも見えたため、一瞬可愛いと思えた幻想はあっという間に地吹雪と共に吹き飛ばされてしまった。

雪見線は単線で本数も少なく二時間に一本程度しかないので、十五分後の汽車を逃すと大変だ。ふたりは身を寄せ合うようにして、駅舎へと急いだ。

汽車で一時間。雪見駅に到着すると、駅前ロータリーの路上には雪が凍りついていた。

その時、頭上で爆音が響いた。見上げると雪空に、白地に赤いラインが入ったヘリコプターが、今まさにテイクオフしたところだった。

極北救命救急センターのドクターヘリだ。

「そういえば昔、桜宮にいた先生がここに移ったと耳にしたが、元気にやっているのかな」

ロータリーにぽつんと止まっていたバスが、二人の姿を見て車体を震わせ、エンジン音を響かせる。おそらくバスの時間は、列車の到着時刻と連動しているのだろう。

バスに乗り込んだ大浜は、がらがらの座席のひとつを確保すると、木下に尋ねる。

「どうして極北大学というのに、極北市ではなく、雪見市にあるんですか？」

「極北市が財政破綻したからじゃないかな」

「でも、さっきの看板にはSince 1999と書いてありました。それって破綻前ですよね」

うっとうしく思いながら、木下は適当に答える。

「たぶんその頃から財政が危なくて、極北大がトンズラしたんだろ」

するとうつむいて携帯をいじっていた大浜が顔を上げた。

「部長、それは違うようです。極北市が潰れそうになったから極北大が雪見市に疎開したのではなく、極北大が雪見市に逃げ出しちゃったせいで、極北市の財政が悪化したらしいです」

どっちでもいいだろ、そんなこと、と木下はうんざり顔で大浜の横顔を眺めた。

ちぐはぐな二人を乗せたバスはのんびりと、粉雪が舞う国道を進んで行った。


一時間後。木下と大浜は、極北大学薬学部の通称倉田研の部屋にいた。ぱりっとした白衣を着こなした、若い男性が名刺を差し出しながら言う。

「助教の吉田です。そしてこちらが倉田教授です。ほら、教授、お名刺を出して」

倉田教授はこくりとうなずき、白衣のポケットから名刺の束を取り出した。机の上に並べられたのは木下と同業者、製薬会社のプロパーの名刺の束だった。その中から一段としわくちゃの名刺を選び出し、ぬっと突き出した。木下はのけぞりながら、名刺を受け取る。返しの名刺を差し出すと、倉田教授は名刺の山に紛れ込ませ、シャッフルしてから、ポケットにしまった。

ええと、今の行動には何か深い意味が……？

「で、今回新たに開発に成功したという、画期的な薬の特徴を教えてください」

木下が気を取り直して尋ねると、もじもじしていた倉田教授は、ぼそぼそと言う。

「ええと、おむすびころりんの特徴は……」

そう言った途端、隣の吉田が倉田教授の白衣の袖を引いた。

「違うでしょ、教授。ガンコロリンです」

「あ、そうそう、ガンコロリンの特徴は、広い野原の小さな穴めがけて一目散にころりんと」

吉田がずい、と身体を前に乗り出して、木下の視界から倉田教授を遮蔽（しゃへい）した。

「倉田教授が何を言いたいかと言いますと、癌抑制遺伝子であるテトラカンタス第五遺伝子を発現させるための特異抗原と、このガンコロリンがぴたりと、小さな鍵穴にぴたりとはまる鍵のような役割をして、落ちこむことによってその機能発現になるという仕組みを証明したんです」

営業畑一筋だった木下にはちんぷんかんぷんだ。今の営業はＭＲと呼ばれ、薬物の専門試験に合格した専門家の顔を持つが、木下の頃はプロパーといい、医者の雑用が主な仕事だった。

だが、大浜は研究部門に属している研究者の端くれだけあって、ぴんときたようだった。

「テトラカンタス第五遺伝子の抑制機構の発現亢進ですって？　まさか、ナチュラルキラー発現の引き金と呼ばれた、マイルストーン因子の存在が確認できたのですか？」

倉田教授がこくこくと激しくうなずく隣で、助教の吉田が冷静に言う。

「その通りです。この薬が製品化されますと、癌予防の事前投薬が可能になると思われます」

「ほんとですか？　大発見じゃないですか」

「いやあ、それほどでも」

なぜか助教の吉田が頭を掻く。その様子を見て木下が小声でおそるおそる、大浜に尋ねる。

「何がそんなにすごいのかね」

すると大浜は目をくわっと見開いて、木下をにらみつけた。

「この薬のすごさがわからないなんて、信じられない。いいですか、このガンコロリンは癌の予防薬にして、かつ、特効薬にもなるんですよ。これまでの抗癌剤は、癌にかかった人しか買わなかったけれど、このガンコロリンは癌にかかっていない、すべての人が買うわけです。おまけに癌にかかった人も飲む。つまり全日本国民が一人残らず服用する可能性のある、ポテンシャルの高い大衆薬になるんです。そうなるとセコい抗生剤のシェア争いなんて目じゃありません。このガンコロリンのライバルは、しっとりお肌のヒアルロン酸や、〝不味い〟がウリの青汁くらいで、マーケットは今のウチが扱っている製品の十倍以上は見込めるんですよ」

「な、なるほど」

大浜の勢いに気圧(けお)された木下だが、すぐに営業上がりの根性を見せて立ち直る。

「それはめでたい。何はともあれ、まずは今夜はカニで乾杯だな」

「部長。部長はほんとに、製薬会社の創薬開発部の部長なんですか」

大浜は大きく見開いていた目をさらにくわっと見開く。眼球がこぼれ落ちてしまいそうだ。

いや、自分は元々営業で、薬の中身なんてちっともわからないんですけど、と言い訳しそうになるのをかろうじてコラえて、こくりとうなずく。

「では、今からトンボ返りして社長に帰朝報告しましょう。お二人もご同行願います」

「え？　あのう、今からすぐに、ですか？」

助教の吉田が裏返った声で尋ねたのに対して、大浜が断固たる口調で言う。

「当たり前でしょう。あなた、それでも本当に薬学部の助教なんですか」

うくく、俺と同じ叱責をされてやがる、と含み笑いをした木下は、大変なことに気がついた。

「大浜クン、今からトンボ返りするとなると、その、つまり、今晩のカニ三昧は……」

「カニ？　そんな下等な節足動物なんて、もうどうでもいいです。吉田先生、データのコピーを急いで準備してください。タクシーを飛ばせば三時間後の東京行きの最終便に間に合います」

「あ、はい。かしこまりました」

吉田はあたふたし、木下は部長の面目丸つぶれだとひしひしと感じ、倉田教授はひとり、ぼんやりした表情で「おむすびころりん」と呟いていた。

帰りの機内で、打ちひしがれた木下は、眼下に広がる雪の大地を眺めていた。ひとつ前の座席では、左右に倉田教授と吉田助教を従えた大浜が三人席の中央に陣取り、主に右隣の吉田と激論を闘わせていた。漏れ聞こえてくる会話のかけらからは、どうやらこの発見は本当にすごいらしいということがひしひしと伝わってきた。

だが木下にとって、画期的な新薬の大発見よりも、そのせいで北海道一泊カニ三昧ツアーが、いきなり無味乾燥な業務お持ち帰りの日帰り出張になってしまい、死ぬほどカニを食い倒したいという木下のささやかな願いがあえなく潰えたことの方が大問題だった。

また、木下は傷ついてもいた。カニ大好きという共通点を見い出し、ひそかにシンパシーを感じ始めていた大浜が、いともあっさり言い放った〝下等な節足動物〟なるこころないフレーズが、木下の胸にあったひそやかなカニへの憧憬を粉々に打ち砕いてしまったからだ。

ところが、そんな木下のもやもや感は帰社したとたん吹き飛んでしまった。

畏れ多くも大浜が、社長を呼び出したのだ。しかも驚いたことに社長は〝散歩に行くわよ〟といわれた柴犬のように、はあはあと息を切らしながら飛んできた。

大浜のプレゼンを聞き終えた社長は、天を仰いで拳を握り、吠えるように叫んだ。

「これでサンザシ薬品もメジャーになれる。パパ、とうとう僕はやったんだよ」

年明け。サンザシ薬品はＩＭＤＡに新薬「ガンコロリン」の薬事申請をした。発見してからわずか三ヶ月での申請という異例の早業が可能だったのは、薬の構造がペニシリンと瓜二つのため、予想される有害事象もペニシリンとの、差異部分だけ確認すれば事足りたからである。

4

時風新報社の社会部記者、別宮葉子は虎ノ門にあるＩＭＤＡに取材にきていた。ＩＭＤＡとは国際薬事審議会の略称で、新薬を国内で使用するかどうか、決定する機関だ。厚生労働省が管轄する独立行政法人で、初代所長には元厚生労働省の医薬局長が就任している。独立行政法人と言いながらも実態は、職員の二割は厚生労働省からの出向だ。その比率は、幹部職になると八割に激増する。

現在の八神直道所長は元厚生労働省の医療安全啓発室課長で、当時はミスター厚生労働省とも呼ばれた逸材だったが、事務次官レースに敗れ、ここに天下りしたという経歴を持つ。

「レティノブラストーマの転移抑制薬『サイクロピアン・ライオン』の認可が、先日の理事会では見送られる方針だったのに急転直下、認可されたのはどうしてでしょうか」

「時風新報さんはいつもしつこいな。いいじゃないか。いつも審議が遅すぎる、という非難を浴びせてばかりなんだから。認可がすんなり通った時くらい、褒めてほしいね」

「あの薬は直前まで八神所長だけが反対していた、という情報もあるんですけど」

「それはデマだ」

ちらりと時計を見て、即座に断言する八神。別宮は口調を変える。

「八神所長は現在、未来医学探究センターの所長も兼務されていますね。この認可が唐突に方向転換したのは、そちらとの関わりなのではないのですか」

「き、君は一体、何を言いたいのかね」

あからさまに動揺を見せた八神はしどろもどろになった。別宮は舌鋒鋭く追及する。

「あのセンターで凍眠しているスリーパーはレティノブラストーマの患者で、サイクロピアン・ライオンの認可を待つために凍眠したと、とある方からお聞きしたもので」

「ああ、そうだ。それに関連した力が加わったということもなきにしもあらず、だ。ただし記事にはできないだろう。裏付けが取れないからな」

「記事にできる、できないは八神所長ではなく、ウチの部長が決めることですから」

別宮葉子がにっと笑う。八神はぐっと詰まった。さっきから隣でずっとそのやり取りを眺めていた、サンザシ薬品の社長と木下、大浜は、話がとぎれそうもない様子に業を煮やしていた。

大浜が突然、二人の会話に割り込んだ。

「取材も大切でしょうけれど、こっちはＩＭＤＡの本業の薬事申請ですから、そのあたりで一旦区切っていただけませんか。何しろこれは世界を変えるような、画期的な新薬なんです」

「ば、バカ、何を言う」

社長と木下が同時に言う。ＩＭＤＡといえば、その胸先三寸で新薬の申請が滞りかねない、製薬会社からすると神の如き組織だったので、その所長のご機嫌を損なうなど決してあってはならないことだった。だが幸い、大浜の暴挙はプラスに作用した。別宮の取材を切り上げたかった八神は、すかさず言った。

「確かに。ＩＭＤＡの本業をおろそかにしては国民に申し訳がない。別宮さん、申し訳ないが、取材はこれで終わりだ」

その別宮は、すでに八神など眼中になく、目をきらきらさせて大浜を見つめていた。

「世界を変えるような画期的な新薬って、どんな薬ですか？」

「ガンコロリン、です」

即答した大浜に、社長と木下は肝を潰した顔で言う。

「大浜クン、これはまだ企業秘密だからみだりにあちこちに言いふらしては」

大浜は社長と木下をにらみつける。

「何を弱気なことをおっしゃっているんですか、社長。これは絶好のチャンスなんです。薬事申請さえ通れば、商品化できるんですよ。構造はペニシリンと瓜二つだから申請はあっという間に通るはずだし、夢の癌予防薬を申請前から宣伝もできるなんてラッキーじゃないですか」

「癌予防薬ですって？」

完全に別宮は前のめりになった。くるりと八神に向き合うと言った。

「この薬について取材しても構いませんよね。もちろん申請者がＯＫと言えば、ですけど」

「どうぞどうぞ。わがＩＭＤＡは情報の迅速な公開を常に心がけているのでね。こうしたことが閉鎖的になるのは、ひとえにメーカーサイドの思惑なんです」

そう言うと八神はそそくさと部屋を出ていった。扉の外で「すると本日申請するんですね」という別宮の声が聞こえたが、それが後でどんな事態を呼び起こすのか、その時の八神に想像できなかったとしても、そのことで彼の浅慮を責めるのは酷というものだろう。

翌日。

『夢の癌予防薬、ガンコロリンをＩＭＤＡに申請——サンザシ薬品』という見出しの記事が時風新報の一面を飾った。そこには申請書を手に、にっこり笑う大浜女史の姿がでかでかと報じられ、その片隅におどおどとした表情の木下が写っていた。

5

日本医師会薬事検討委員会では「ガンコロリン対策委員会」なる看板の下に、四名の委員が鳩首会議をしていた。参加者は重鎮揃いだったが、委員会の名称があまりにもしまらないので、緊張感を失なっていた。

座長の中尾副会長が言う。

「何ともすさまじい反響ですな」

「困ったものですね。実際の薬効もわからないのに、やたら煽るような書き方をして」

委員の菊間が応じる。浪速で診療所をやっている開業医だ。数年前のインフルエンザ・ワクチン騒動の時は陰で八面六臂の活躍をしたというウワサがある。

三人目、鹿島は外科系の開業医だ。

「ガンコロリンなる薬が発売されると、外科手術が激減します。外科学会としては黙っていられません」

「でも予防医学によって医療費の削減に寄与できるのでは？」

四人目の委員、内科医の笹崎がそう言うと鹿島が応じた。

「医療費が削減されると、医療機関がダメージをうけますよ。簡単な算数も考えずに、軽々しく理想論を言わないでいただきたい」

「医療が人々の幸せのためにあるとすれば、ガンコロリンは福音になるでしょう」

「だが外科医への死刑宣告にもなるぞ。あ、そうか。予防医学は内科領域で、内科医は肥え太るからいいんだな」

今にも一触即発、つかみ合いの喧嘩になりそうな雰囲気を、柔らかな関西弁で菊間が押さえる。

「この場で我々医者同士がいがみ合っても仕方あらへんのやないですか。今、話し合うべきは、ガンコロリン報道に対し日本医師会の姿勢を決定しておく、ということですやろ」

「確かに仲間割れをしている場合ではなかったな。報道が正しいとしたら、日本医師会として何らかのコメントを出さざるをえないだろう」

興奮していた鹿島がうなずくと、座長の中尾が言う。

「まあ、落ち着いてください。記事はＩＭＤＡに申請したとあります。日本ではここからが長い。今から腰を据えて落ち着いた議論をすればいいのではないでしょうか」

「そうですな。申請が通るまでに最速でも一年以上かかる。その間にこの検討会で結論を出し、日本医師会の提言として出せばいいだろう。予防医学はまじないみたいなものだから、導入後に広範なコホート研究を必要とするということに触れておけばいいのではないかな」

腕組みをしていた鹿島が言うと笹崎がうなずく。

「日本医師会としては、この新薬導入が、医療機関にとって経済的にプラスになるか、マイナスになるかを検討するのが喫緊の事案でしょう。まずは日本医師会のシンクタンク、日医統研に試算させればよろしいかと」

「おっしゃる通りですな。では今回の会議の結論はその方向で」

座長の中尾がまとめようとしたその時、事務局の人間が飛び込んできた。

「何だ、騒々しい。今は、検討事案について議論をしている最中だぞ」

中尾が眉をひそめると息を荒らげた事務員が一枚のファックスを差し出した。

「先ほど、ＩＭＤＡがガンコロリンを認可すると発表したんです」

「な、何だって？　新聞記事が出てからたった二週間だぞ」

中尾は事務員からファックスをひったくり読みふける。

『ガンコロリン、緊急認可へ――ＩＭＤＡ』

それは時風新報の一面記事だった。記事によると、認可申請の記事が出てから、ＩＭＤＡには一日百件を超える問い合わせが殺到し、機能が麻痺する事態になってしまったという。模様眺めをしていた事務員も、問い合わせ件数が日に日に増加していくにつれ、今回はさっさと検討に入った方がよい、と幹部に強く勧告するという、異例の事態に発展した。

普段は従順な事務員の強硬な申し入れは、聞き遂げなければ大変なことになるということは、出向者もよくわかっていた。そして薬学の関係者が書き込むネット掲示板に解説が書き込まれるに至り、一般大衆のガンコロリンへの期待はものすごく高まったため、発売前から常備薬並みの知名度を得てしまった。おまけに認可の遅さイコールＩＭＤＡのサボタージュだとあからさまに非難されてしまった。

ＩＭＤＡのような、お役人体質の組織は、市民の要望には鈍感だが、非難のまなざしには敏感だ。ひとたびこうした空気を感じてしまうと、気の小さい彼らは普段と逆に結論を急ぐ。こうして申請後半月での審査通過という、薬事審査史上、稀有なことが起こったのである。

その後、各製薬会社の開発チームのデスクには、サンザシ薬品の大浜女史のポートレートが飾られるようになった。ＩＭＤＡ審査を通過するおまじないとして、アイドルの生写真並みの扱いを受けていたのだ。申請書を提出する時、この写真に三跪九拝(さんききゅうはい)し、カニ缶のお供えをすると御利益がある、というウワサがまことしやかに流れていた。ただ残念なことに、当の大浜女史自身がその事実を知らされることはなかったという。

6

役員室で寛いでいた木下常務が呼び鈴を押すと、秘書が姿を見せた。

「木島君、すまないが先ほど頼んだ資料を持ってきてくれ。それと大浜部長をお呼びして」

隣の部屋に戻った秘書は、しばらくして両手にスクラップブックを抱えて戻って来た。

「資料です。大浜部長は創薬開発会議が終わり次第、こちらにお見えになるそうです」

木下常務は鷹揚にうなずくと、資料を手に取った。それは「ガンコロリンの軌跡」という表題のスクラップブックだった。

ページをめくると、そこには数多くの新聞記事の切り抜きが貼られていた。

○ ガンコロリン、緊急認可へ　（時風新報社会部・別宮葉子）
独立行政法人IMDA（国際薬事審議会）は、サンザシ薬品から申請中の癌予防薬『ガンコロリン』の認可の調整に入った。来月初頭にも認可される見通し。申請から半月での認可は異例。癌の予防が可能になり、医療費削減に役立つだろう、とIMDA幹部は語っている。

○ 日本医師会、拙速な新薬認可に懸念表明
IMDAが癌予防薬『ガンコロリン』を早期認可する方針との報道を受け、日本医師会は以下のコメントを発表した。「薬品は副作用など、重篤な事象を引き起こす可能性もあり、慎重な対応を要望する。特に予防薬は健常者が服用するので、副作用のチェックは厳しく行なわれるべきであり、申請後半月という拙速な認可は望ましくない」。

○　ＩＭＤＡ会報　vol.855

独立行政法人国際薬事審議会（ＩＭＤＡ）は、先週行われた第８２３回定例審議会にて、癌抑制治療薬『ガンコロリン』を認可することを決定した。発売開始は公示の三ヶ月後とする。

○　日本医師会からの、厚生労働省への抗議文全文

先般、ＩＭＤＡの拙速な新薬認可に対し、抗議を申し入れたにもかかわらず、癌予防治療薬『ガンコロリン』が申請後半月という異例の速さで認可されたことに強い懸念を表明する。予防薬による副作用を検証するためには広範なコホート研究が必要となるのは医学常識である。認可後三ヶ月で販売に至った経緯も含め、関連の薬品メーカーとＩＭＤＡの幹部に癒着がなかったかどうか、監督省庁である厚生労働省は確認する義務を負うであろう。

○　時風新報　読者の広場　「ガンコロリンでハッピー」　公務員　58歳　匿名希望

私は、役場で戸籍係をしております。仕事上、人の生き死にに深く関わり、死亡診断書を受け取るたびに病気の恐ろしさを感じ、憂鬱な気持ちになっておりました。でもこれも仕事と割り切り、毎日を過ごしていました。ところが先般、夢の癌予防薬、ガンコロリンが認可申請され、何と半月後にその新薬が承認されたというニュースを聞き、欣喜雀躍いたしました。それなのに、日本医師会がこの画期的な新薬の認可に反対している、と知りました。

ガンコロリンに対する日本医師会のご判断には納得できません。悩める小市民の幸せな生活の

ため、ガンコロリンの認可を妨害しないよう、お願いします。

○　抗議文　時風新報宛　　日本医師会
先般、貴紙、読者の広場に掲載された投稿記事は、薬事法に違反するおそれがあるため、削除を要望する。また投稿者が製薬会社関連の人物でないという確認をお願いしたい。

○　日本医師会からの抗議文に対する回答書　　時風新報社会部
先般、日本医師会から頂戴した抗議文に対し回答いたします。
○月○日付け朝刊、読者の広場の58歳公務員、匿名希望氏からの投稿の内容について、投稿文に記載されていた住所に投稿者が実存していることを確認し、またその方の職場も本人の同意を得た上で確認、投稿文を本人が執筆し、その内容に偽りがないことを確認しました。以上です。

○　厚生労働省、医療費削減傾向を実感
今年度厚生労働白書で日本人の癌罹患率が2ポイント低下したことが判明した。これに伴う医療費削減効果は約五千億円と見られる。これは、昨年発売された癌予防薬『ガンコロリン』の影響が大きいと思われる。これに伴い日本薬剤協会は、今年度の薬事アワード（最優秀新薬開発賞）にサンザシ薬品のガンコロリンを選出した。ガンコロリンは発売直後から爆発的売れ行きを示し、今年度の製薬売り上げで他剤を大きく引き離し、同社の株価は急騰した。

○ サンザシ薬品、ガンコロリン本舗へ名称変更（大日本帝国データバンク）
経常黒字一兆円という異例の収益を上げたサンザシ薬品は、来年度より「ガンコロリン本舗」へと社名を変更すると発表した。正式な社名変更は来年の一月一日からとなる。

その時、常務室の扉が開いた。白衣姿で佇む大浜部長を木下常務は立ち上がって自ら迎え入れた。彼女の胸には、カニのペンダントが燦然（さんぜん）と輝いていた。

7

鋪道に落ちた新聞が風に吹かれている。日本医師会の先々代の副会長で、今は隠遁生活を送る中尾は新聞を拾い上げると、一面に掲載された『ガンコロリン二十年』という記事にざっと目を通す。

あれは確かに夢の薬だった。発売から七年後、倉田教授がノーベル生理学・医学賞を受賞したのは遅すぎたという批判の声も聞かれたくらいだった。ストックホルム・コンサートホールで行われたノーベル賞授賞式で、倉田教授が挨拶した時に発した「おむすびころりん」という言葉は、誰一人解釈できなかったにもかかわらず、その年の世界的な流行語となった。

日本の医療構造も変化した。外科医は医療の王様だったが、ガンコロリン発売後は、癌治療のための外科手術が激減した。すると外科医の出番は救急現場での外傷処置しかなくなり、人材プールだった消化器外科は消滅した。このため外科医は絶滅危惧種といわれたが、癌が撲滅されたため、そんな状態も容認されてしまった。

病気は、医学の進歩によって駆逐されてきた。二十世紀中頃まで死因のトップだった感染症はワクチンや特効薬の出現で簡単に治るようになり、死因順位で下位になった。

そして二十世紀後半、死因の第一位に躍り出たのが悪性新生物、つまり癌だ。しかし、ガンコロリンの登場によって、この強力な疾病も死因となりえなくなってしまった。

ところで人はなぜ病気に罹るのだろう。

それは、人は死ぬべき生き物だからである。

ここで次元を変えて、地球という惑星から見れば、人類はその身体を食い荒らす病原菌になるのかもしれない。だから地球が自分の身を守ろうとするなら、人類を駆除しようとするだろう。それは人間が病原菌を殲滅しようとするのと同じ発想だ。

するとガンコロリンを服用した人間は、薬剤耐性の病原菌とみなされる。そんな病原菌に対して、人はさらなる治療薬を開発した。こうしたイタチごっこのアナロジーを考えると、ガンコロリンを手にした人類に対し、地球はガンコロリン耐性の癌を投入してくるだろうということは、簡単に予想できたはずだ。

疫学者でもあった中尾は、そうした耐性獲得を恐れたがために、ガンコロリンの導入に反対し続けた。ところが薬事検討委員会の面々は、自分たちの目先の利益から反対したため、市民から反発され、理解を失った。思えば日本医師会は常にこうした過ちを繰り返してきた。公益のため高い理念で始めたことも、欲にまみれた連中がよってたかって利益構造に誘導してしまう。だからいつまで経っても、日本医師会は開業医の利益団体だと揶揄(やゆ)されてしまうのだ。

中尾は、さっき拾い上げた新聞を広げると、その裏面の記事に目を遣った。

『新型悪性新生物、ガンコロリン耐性獲得腫瘍の出現か』

ついにガンコロリンが効かない癌が出現したのだ。だが、ガンコロリンが発売されて二十年。おかげで手術件数が激減し、今や外科医は絶滅寸前だ。それなのに外科手術を必要とする患者は徐々に増えている。来年になれば爆発的な状況になるだろう。しかしその時、手術を出来る外科医はいない。これで人類を滅ぼせたら、地球の免疫機構の戦略は優秀だ。

中尾は空を見上げた。そこから人類の悪戦苦闘をひややかに見下ろしているであろう、神々の冷たい視線を思い、深々とため息をついた。

被災地の空へ

1

雪見市の救急を一手に担っている極北救命救急センターに、昼休みが終わるのを待ちかねていたかのように、一台の救急車が走り込んできた。すぐさま研修医が処置室に駆け込んでいく。センター長代理の速水晃一(はやみこういち)はソファに横たわり、顔の上に雑誌をかぶせて仮眠を取っている。その周囲では、白衣姿の看護師が休むことなく立ち働いていた。

いつもと変わらない、平穏な午後の風景だった。

ボードには赤いマーカーが二個、貼り付けられている。いつもは無理に工面しなければならないノルマである空きベッド二床が、今日は自然に生じていた。

そんな完璧な午後だった。

看護師たちが業務をこなしているざわめきの中、突然、速水はむくりと身体を起こした。隣で看護記録をつけていた師長の五條郁美(ごじょういくみ)が、不思議そうに速水を見る。

速水はぼんやり顔のまま、五條を見た。そしてぽつんと言う。

「地震だ」

その言葉が終わるか終わらないかのその時。

ＩＣＵの初療室にある硝子戸がかたかたと音を立てて揺れ始めた。

次の瞬間、ぐらりと地面が揺れた。五條は天井からぶらさがっている蛍光灯を見つめる。

「あ、ほんとだ。意外に大きいですね」

だが揺れはすぐに減衰した。揺れが収まったのを確認すると、速水は再びソファにごろりと横になる。救急車のサイレンが遠くから近づいてきたが、病院の前を通り過ぎ、ドップラー効果で変調した音は次第に遠のいていった。

一瞬、緊張感を孕(はら)んだ静寂に覆われたＩＣＵは、もとのように平穏なざわめきに包まれる。

五條は口元を押さえ、小さなあくびを嚙み殺す。

ドクターヘリのコントロールタワー、ＣＳ（コミュニケーション・スペシャリスト）ルームでは、新任のＣＳが画面とにらめっこしている。まだ通信のコツをつかめていないようだ。

平和な午後。その日、極北救命救急センターのＩＣＵは弛緩(しかん)しきっていた。


三十分後。ＩＣＵの電話が鳴った。電話を受けた五條が速水に歩み寄る。

「センター長代理、お電話です」

誰からだ？　と速水が雑誌を顔の上に載せたまま尋ねる。五條はメモの相手の所属を復唱する。

「道庁医療福祉部の高中(たかなか)さん、という方です。ＤＭＡＴ(ディーマット)発動についてだそうです」

がばり、と跳ね起きた速水は受話器に飛びついた。

「出発は一八〇〇予定、それまで待機ですね。了解しました」

電話を切ると五條に言う。

「東北地方に地震がありＤＭＡＴが招集された。オフのヤツも含めてスタッフを全員集めろ」

五條はスタッフに声を掛け、その指令を受けた部下が電話を掛け始める。側にいた新人看護師が五條に尋ねる。

「ＤＭＡＴって何ですか？」

「Disaster Medical Assistance Team の略で、日本語では救急災害派遣隊と言われているわ。災害発生から四十八時間以内に活動を開始する、機動性を持った医療チームよ。トレーニングを受けた医師、看護師、業務調整員がチームで派遣されるの」

五條が説明していると、速水の周囲に出勤中のスタッフが集まってきた。

「東北地方でマグニチュード７・９の地震が発生、ＤＭＡＴに出動要請が出た。ただちに派遣メンバーの選定に入る。今を以て本日のドクターヘリ待機は解除、以後ドクターヘリ要請はすべてキャンセルしろ、とＣＳに伝えろ」

フライトドクター当番が初療室の隣のＣＳルームに駆け込む。

速水は隣に控えていた、自分の右腕である伊達(だて)に告げた。

「ＤＭＡＴには俺が行く。留守は頼んだぞ」

「センター長代理が不在だと、こっちが困るだろう」

「北海道の救急が手薄になるから、脳外科に対応できるあんたが残った方がいい」

伊達が、わかった、とうなずくと、速水は傍らの五條に言う。

「チームの医師は俺、看護師は五條、薬剤師は中島、事務は小田だ。中島と小田に連絡を取れ。ついでに部署長の承諾をもらい、十分以内に戻ってこい」

五條は副師長に、自分抜きの新しい勤務表を組み直すようにと指示して、部屋を出ていく。

「センター長代理が不在の上、師長まで連れて行かれると心もとないな」

伊達に言われて、速水は腕組みをして考え込む。だが顔を上げると言った。

「すまんが、何が起こるかわからない現地に連れていくには、五條がベストなんだ」

「わかった。こっちは何とかしよう」

速水が大股でCSルームに入ると、新任のCSとパイロットがモニタ画面に見入っている。

画面の中では、黒々とした水が、バクテリアのように偽足(ぎそく)を伸ばし、家や道路、車、人影を次々に飲み込んでいく。震災直後に発生した津波の映像だった。

家屋や自動車がきしみながら流されていく、無音の映像に速水の肌は粟立った。

高々とした白い波頭が轟音を立てながら襲ってくる、それが津波というものだと思っていた。だが現実は違った。どす黒く静かで、逃げても逃げても追いかけてくる、夜道の化け物みたいな不気味さが画面から漂ってきていた。

その光景がテレビ画面に流れたのは最初の一回だけで、後は首都の公共施設の天井が崩落したという事故の映像が繰り返し流された。肝心の被災地の情報が欠如していて、速水は苛立った。

一時間後、道庁から連絡があった。直ちに出発準備をせよ、とのことだ。集合場所は熊村(くまむら)空港。

ドクタージェット構想の拠点として想定されている空港だ。

「どさくさに紛れて、ドクタージェットまで飛ばすつもりじゃないだろうな」

呟いた速水は顔を上げると、フロアに集合している作業衣姿のスタッフに告げる。

「DMAT派遣の間、ドクターヘリは運用停止する。極北救命の開所以来初めて、攻めの救急ではなく受け身の救急態勢を敷くことになるが、指揮は伊達副部長に一任する。勤務変更や、不規則な時間外勤務を要請されることもあるだろう。一致団結して、乗り切って欲しい」

速水は伊達の肩を叩く。伊達はうなずき、残るスタッフに指示を出し始めた。CSルームで、速水はフライトドクター用の赤いツナギを身につける。胸に刺繍(ししゅう)された名前が金色に輝いた。

※

田園風景の中、まっすぐな道が海岸線まで延びている。サイレンを鳴らさず、速水たち一行を乗せた救急車は一路、熊村空港へ急いでいた。熊村空港は自衛隊との共用空港だったが、今は本州の地方都市との定期便が一日三便、就航している。だが地震が発生した直後から、すべての便はキャンセルされていた。

空港に到着すると、自衛隊の輸送機が目を引いた。作業服姿の隊員が物資を搬入している。

そのまま空港内に救急車を乗り入れようとした速水たち一行は、受付で制止にあった。

「ここから先は許可車しか入れません」

「我々はDMATに招集されたメンバーで、車には被災地に運ぶ医薬品を積んであるんだが」

速水が助手席の窓から、守衛に言ったが、彼は職務に忠実で、頑なだった。

「ルールですので。物品は駐車場でいったん下ろして下さい。係に運送させます」

速水は舌打ちをする。この非常時に、融通が利かないにもほどがある。

だが、言い争いは時間の無駄だ。速水はゲート側に駐車し、荷台の物品を下ろし始める。そこにトラックが横付けされ、助手席から降り立ったヘルメット姿の自衛隊員が速水に敬礼する。

「搬入は我々が行ないますので、ＤＭＡＴのみなさんはロビーに集合してください」

トラックからカーキ色の作業衣を着た一隊が、速水たちの運んできた物資にわらわらと取り付くと、トラックの荷台に積み込み始める。速水は指示された通り、トラックの後ろを伴走していた小型ジープの助手席に乗り込む。後部座席には看護師の五條、薬剤師の中島、事務員の小田が三人並んで座る。三人とも小柄なせいか、窮屈そうには見えない。


管制塔のロビーのソファには、先着した救急チームの面々が座っていた。医師らしき男性が二人、看護師が二人、薬剤師一人、事務員二人の計七名の大所帯だ。

背後から掠れ声で呼ばれて振り返ると、作業衣姿の痩せぎすな男性が右手を差し出していた。

「蝦夷（えぞ）大のＤＭＡＴ代表、満島（みつしま）だ。よろしく」

霧雨のようにねっとり身体にまとわりついてくる声。こけた頬。その顔を最近どこかで見たような気がしたが、どこだったか思い出せない。

無骨な手を握り返すと、更に強い力で手が締め上げられ、速水は呻く。

「失礼。力の加減ができなくてね」

掠れ声で謝罪するが、目は笑っていない。窓際の縁に腰を下ろし、速水を見上げる。

「その派手なツナギ、何とかならんのか。還暦の爺さんが着るチャンチャンコみたいだぞ。年寄りならコタツに当たって、おとなしくしてた方がいい。だいたい、極北市と雪見市の救急を一手に引き受けるなんていきがられると、こっちは迷惑なんだよ。やれることはきっちりやる、やれないことはきっぱり断る、それがウチのモットーだからな。気が向いた時だけハイ・テンションで頑張られると、それが当たり前だと思われて、対応できなかった時に新聞や市民団体に叩かれるだろ。目立ちたいなら、服だけにしてくれ」

そのセリフを聞いた速水は、先日読んだばかりの新聞記事を思い出す。

『救急対応は救急医の生活を確立してから』

その記事の写真で見た顔だった。一見もっともな満島の主張をよく読むと、単に自分の限界を超える要望には一切手を出さない自分たちのやり方を正当化しようとしているにすぎない、としか思えなかったことを思い出す。

「極北の無鉄砲将軍は、何か言いたいことでもあるのかな」

満島は、速水を見上げ、挑発する。速水は奥歯をかみしめるが言い返さない。

こんなヤツとも協力しなければならないのか、と速水はうんざりするが、被災地に一刻も早く到着したいという気持ちは強そうだ。つっかかってきたのは、出発が延びている苛立ちもあるのだろう。

2

速水が外の景色をぼんやり眺めていると、水色の機体中央に日の丸が描かれた自衛隊輸送機の周囲であわただしい動きが目立ち始めた。一度搬入した荷物を再び外に出しているようだ。

「しかし、でかい航空機だな」

速水がぽつりと呟くと、いきなり満島が張りのある大声で言った。

「あれは中型輸送機のC-130、通称ハーキュリーズだ」

「ほう、あれで中型なのか」

「最長の機種はB-747の特別輸送機で、全長は七十メートル。あの倍以上だぞ」

さっきと打って変わって嬉々とした口調で説明する様子を見て、満島は航空機マニアらしい、と否応なく気付かされる。最悪だ、と速水は呟く。

そこへ作業衣姿の中年男性がやってきた。背中のゼッケンには「北海道チーム」とある。

「現地でDMATのお手伝いをさせていただく道庁緊急災害対策本部の工藤です。お二方の上司の先生にはいつもお世話になっております。今回は、よろしくお願いします」

人当たりのいいもの言いに、速水はほっとする。だが満島は突っかかる。

「なんでこんなに時間が掛かるんだよ。これでは助かる患者も助からなくなってしまうぞ」

「自衛隊の作業にもう少し時間がかかるらしいので。今しばらくお待ち下さい」

満島は憮然とした掠れ声で言う。

「スピード最優先の航空自衛隊にしては珍しいな」

速水が輸送機を眺めていると、フォークリフトで青い大型コンテナが運ばれてきた。

「救援物資のコンテナにしては、ずい分でかいんだな」

速水の言葉で視線を向けた満島が、驚きの声を上げる。

「AMESを出動させるのか。それで手間取ったんだな」

「何だ、そのAMESって？」

速水が尋ねると、満島は、そんなことも知らないのか、と本心から愕然とした表情になったが、すぐに気を取り直したように、説明する。

「AMES（Aero Medical Evacuation Squadron）は航空機動衛生隊のことだ。あのコンテナは機動衛生ユニットと呼ばれている優れものだ」

「ほう、あれがウワサの、〝空飛ぶICU〟か」

速水が、眼を細めて言うと、満島は満足げにうなずいた。

「さすがに知ってたか。浪速大震災では災害救急の再構築の必要性が認識されDMATが創設されたが、航空自衛隊では米国空軍重症患者空輸チーム（CCATT）を参考に新システムを創設した。そして開発されたのが重量二・五トン、長さ五メートル、幅二・三メートル、高さ二・五メートルの大型コンテナ内にミニチュア版のICUを詰め込んだ、あの機動衛生ユニットだ」

「詳しいんだな」

速水が感心したように言うと、満島は小声で答える。

「実は俺は防衛医大の卒業生でね。二年ほど任官したが、思うところあって退官した」

それなら自衛隊の内部事情や輸送機に詳しいのも納得がいく。防衛医大生は国家公務員としての給料をもらいながら勉学に励む。卒後九年間、自衛隊に任官すれば学費や支給された給与は返さなくてよいが、任官を拒否したり九年の義務を果たす前に退官すると、国費の返還を求められる。裏を返せば、そうした費用を肩代わりすれば、医療機関が優秀な新人医師を青田買いできるわけだ。

たったひとつの情報で、満島の姿が先刻とずいぶん変わって見えてきた。

「機動衛生ユニットの搬入作業が遅れ、ご迷惑をおかけしています」

背中から声を掛けられ、速水、満島、工藤の三人は振り返る。

そこには敬礼をしている、自衛隊の作業服姿の男性の姿があった。

「機動衛生隊隊長の鷹村(たかむら)です。今入った情報によれば、被災地では次々に救護所が設置されていますが、幸い、まだどの救護所にも重症者は搬送されていないとのことです」

満島が敬礼を返す。

「防衛医大十二期生の満島です。現在は蝦夷大学救命救急センターに勤務しております」

「自分は十七期ですから、満島先生は五期先輩ですね」

「私は中途退官した半端者なので、先輩はやめてください」

満島はそう言って顔を伏せたが、鷹村は敬礼の姿勢を崩そうとしない。うろたえた満島は、話題を変えるように、指摘する。

「それにしてもよく機動衛生ユニットを出動できましたね。手続きが煩雑だから、発動は難しいだろうと思っていました」

傲岸不遜な口調の満島が後輩に丁寧語を使う様子が、おかしくも哀しい。鷹村は先輩に対する敬意を崩さない口調で答える。

「ラッキーだったんです。機動衛生ユニットの発動は地方自治体からの要請が必要ですので、もともと敷居は高いのですが、北海道では自衛隊と自治体の関係が緊密な上、ドクタージェット構想の主導者でもある雪見市の仲根市長がこのユニットの存在をご存じだったことが大きく、とんとん拍子で出動要請になったのです」

「だが、ユニットは輸送機の中心地区、尾張基地に設置されていたのでは？」

「それも偶然、寒冷地仕様ユニット開発のため三ヶ月間、北海道に貸し出していたんです」

「なるほど、偶然の幸運が幾重にも重なった、というわけか」

速水が差し挟んだ相づちに、鷹村隊長はうなずく。

「我々自衛隊は地方自治体の長の要請がなければ動けません。ですので大災害の発生時に何もできず歯がゆい思いをしてきました。今回のミッションはＤＭＡＴの搬送支援という形でのこじつけでの参加です。こうでもしないと我々ＡＭＥＳは医療行為に当たれる機会を持てないのです」

鷹村の言葉を聞いて、速水は尋ねる。

「輸送機の中は相当うるさいはずですが。治療はできるのですか」

「ユニットの壁にはウレタンが入れてあり、防音効果は高いです。通常、機内では直接会話ができず、ヘッドフォンを通じて会話していますが、ユニット内は80デシベルと運行中の電車の車内程度の騒音なので、ヘッドフォンなしで会話できます。電磁波の遮蔽もきっちりしてあります」

鷹村が答えると、満島が補足説明する。

「ドクターヘリでの搬送は飛行時間が一時間程度の範囲に限定されるが、C－130機は日本中どこへでも搬送可能だ。広域搬送に関しては、ドクターヘリの拡大進化版といえる」

「広域なのは当たり前のことなので、ふだんは遠距離搬送という用語を使用しております」

鷹村の言葉に、速水がぼそりと呟く。

「結構なことだ。協力してもらえれば単なる搬送に、ドクターヘリを無駄遣いしなくて済む」

そんな会話をしているうちに、フォークリフトを使ったコンテナ搬入が終わり、大勢の隊員が、一度搬出した物資を再び機内に運び込み始める。それを見て、鷹村が敬礼する。

「間もなく出発準備が整います。また後ほど、機上でお目に掛かりましょう」

鷹村の後ろ姿を見送ると、満島が言う。

「出発準備は完了だ。とっとと出かけようぜ」

速水もうなずいた。速水は少しだけ、満島のことが気に入り始めていた。

道内で救急医療を行なう二大施設は蝦夷大学と極北救命救急センターだ。極北救命の桃倉センター長と蝦夷大救命救急部の荒巻教授は北海道の救急現場を支えてきた二大巨頭で、その後継者の二人が一堂に会すれば、どちらを上に据えるかが問題になるのは当然だ。調整役の工藤は道庁からの指示を受けていたが、機内に乗り込む寸前まで正式な辞令を伝えようとしなかった。

ついに北海道DMATチームに集合がかかり、全員ロビーに集合した。

「今し方、出発時刻が決まりました。二二〇〇時です」

事務隊長の工藤の言葉を聞いて、速水と満島は小さく吐息をつく。空港で四時間の待ちぼうけを食らったが、いよいよ出発かと思うと武者震いがした。そんな二人に、工藤はあっさり告げる。

「つきましては北海道DMATチームの責任者を、極北救命の速水先生にお願いします」

とたんに冷ややかな視線が工藤に突き刺さる。

「一体誰が決めたんだ、その人選は。こんなわがまま坊やに責任者が勤まると思っているのか」

文句を言ったのは当然、満島だ。工藤は淡々と答える。

「道庁の指示です。雪見市の仲根市長からの助言もありまして」

「目立ちたがりの女市長のお気に入り、か。ドクタージェット構想の推進役だもんなあ、あの市長。まあいい。適任かどうかは、どうせ現場で判断することになるからな」

満島は口を尖らせ、速水をにらみつける。工藤はうなずく。

「これは出発時のメンバー構成です。現地での変更はご自由に、ということでした」

満島は唇を歪め、丁寧な言葉遣いで言った。

「ということだ。取りあえず、移動中の機内ではきっちり責任者の役割を果たしてくれよ」

「救急現場で患者を助けることが俺たちの目的だ。そのためには何だってする。でも患者を助けるために何かをしようとしているヤツを邪魔するつもりはないから安心しろ」

速水は平然と答え、満島は、肩すかしを喰ったような表情になる。

そこへ作業服姿の自衛隊員が走り込んでくる。

「二二〇〇、ハーキュリーズが離陸しますので、よろしくお願いします」

ロビーは一気に喧噪にあふれた。速水も満島も、さっきまでの諍いは忘れたように自分たちのチームをまとめあげることに専心し始めた。

3

速水は瞑目している。離陸して十分、シートベルトを外す許可はまだ下りない。

輸送機は振動と騒音が激しく、快適とは言い難い。だがその乗り心地はどことなく救急車に似ていたので違和感はなかった。機内ではチーム毎に固まって座った。機内ではヘッドフォンでしか会話ができない上、乗員全員が共有する会話になるため、みんな黙りこくっていた。

すると作業服姿の男性が機内に据え付けられた階段を下りてきた。機動衛生隊の鷹村隊長のまっすぐな敬礼に、救急医たちは居住まいを正す。

「お疲れさまです。現在、花巻空港の格納庫に救急対策本部を設置し、受け入れ施設の仮設をしているそうですが、重症患者はまだいないそうです」

説明に場がざわめく。あれだけの大災害なのに、重症患者が搬送されてこないとは、どういうことだろう、と不思議に思うのは当然だ。だが、鷹村は、淡々と続けた。

「当機は先ほど、安定飛行に入りました。これから二十分後には当機は着陸態勢に入りますが、それまでシートベルトを外せます。そこでこの時間を使い、当機に搬入された最新鋭の機動衛生ユニット、通称〝空飛ぶＩＣＵ〟の設備の説明をさせていただきます。どうぞこちらへ」

速水と満島の二人が競い合うように立ち上がる。鷹村隊長に従って奥のコンテナに向かう二人の後を、他のスタッフたちがあたふたと追いかける。

扉を開くとそこは別世界だった。思わず五條が声を上げる。

「うわあ、これなら訪問看護にそのまま使えそう」

コンテナ内には、そのまま引き出せばストレッチャーにもなる簡易ベッドが、左下に一台、右側の上下に二台の計三台が並んでいる。枕元には点滴台と心電図、血中酸素濃度をモニタできるパルスオキシメーターがコンパクトに詰め込まれている。小さな診療所なみの設備だ。

三名の患者を受け入れられるが、スペースが狭いから医療スタッフは二名。二名のスタッフで三名を診るという濃厚診療になるから、救命の可能性が高い重症患者を搬入すべきだ。

機動衛生ユニットの実力は未知数だが、機動性を兼ね備えた余剰施設があれば、救命現場にゆとりができる。救命救急に携わったことのある救急医なら、空きベッドが三床あるという状況の心強さは身を以て知っているはずだ。

「救護所では、航空機動衛生隊はＤＭＡＴと協力体制を取っていただけるのですか」

速水が鷹村隊長に声を掛けるが、鷹村は首を振る。

「残念ながら、それは難しいです。自分たちは到着次第、最前線の救援部隊と合流しますので」

速水は、自分も最前線に同行してみたいと思った。だが厳しい規律の下、統制ある動きをしている自衛隊への合流は、簡単ではないだろう。

隣をみると、満島がうっとりした表情で設備を眺めながら、鷹村隊長の言葉にしきりにうなずいている。その様を速水に見られたと気がついた満島は、しまった、という表情になり、ふたたび、こけた頬に無愛想な仮面をかぶる。

――コイツも俺と同類か。

速水はうっすらと笑う。自分のことは棚に上げ、他人に適切な評価を下すのが得意な速水は、短い間のバディになるであろう、クセのある救急医の横顔を、ひと言でそんな風に切り取った。

機内にシートベルト着用のアナウンスが流れ、速水も満島も、後ろ髪を引かれる思いで、最新鋭の〝空飛ぶＩＣＵ〟見学を終え、着席した。

しばらくして機体に、ごとん、と衝撃が走った。それは目的地、花巻空港に、速水率いる北海道ＤＭＡＴチームが降り立った瞬間だった。

4

二〇〇六年十月に開発された機動衛生ユニット、通称〝空飛ぶＩＣＵ〟はＣ－１３０への搬入を想定した最新鋭システムで、航空自衛隊の航空機動衛生隊（ＡＭＥＳ）の指揮下に置かれる。

Ｃ－１３０は北海道から東北まで一時間弱で到着する。ドクターヘリで道内へ救急出動した程度の感覚だ。だが空港に降り立った速水は、感覚を補正すべきだと実感した。

到着している数機のジェット機の間を、輸送車が右左に行き来している。それだけの光景なのに、尋常ならざる空気が漂う。視線を感じて振り返るとタラップの上で、鷹村隊長が速水と満島に向かって最敬礼していた。速水と満島の目をしっかりと捉えた後、機内に姿を消した。

速水の目に映る空港が一瞬、真っ赤に炎上した。そこはすでに静かな戦場だった。


北海道ＤＭＡＴ一行は格納庫に臨時設置された救急ユニットに到着した。そこにはすでに三つの医療チームが待機していた。責任者と思しき青いツナギの人物に事務隊長の工藤が一礼する。

「北海道からは蝦夷大学救命救急、極北救命救急の合同ＤＭＡＴチームが合流します」

青ツナギの人物が言う。

「まんず、御苦労さまのっす。責任者の方にご挨拶と自己紹介をお願いしたいのですが」

北海道チームに視線が集まる。赤いツナギ姿の速水は、ひときわ異彩を放っている。ざわざわしたささやきの断片が聞こえる。そのいくつかを拾い上げた満島が小声で速水に話しかける。

「アイドルなんだな、お前さんは」

速水は満島の言葉を無視して、立ち上がる。

「極北救命救急の速水です。看護師一名、薬剤師一名、事務員一名の総勢四名です。よろしく」

続いて満島が立ち上がると掠れ声で言う。

「蝦夷大学救命救急部准教授、満島です。計七名の大所帯です。ところでそちらも自己紹介していただけませんか。あとこれまでの状況の説明を。でないと何が何やらさっぱりわからない」

もっさりした青いツナギの男性が、どっこいしょ、と言いながら立ち上がる。

「救護所の総指揮をしとります、みちのく大救急の岸村（きしむら）です。ここには一番乗りしたっけが、とにかく余震もすごくて停電しとるわ、通信も途絶えとるわで、すっかり情報の孤島になってしまい、周りの状態はまったく把握しておらんのっす。あと、ここにおるのは陸奥（みちのく）総合病院と出羽（でわ）医療センターのＤＭＡＴだっぺ」

「ちょっと待った。おたくが総指揮を執るということを、いつ、誰が決めたんですか」

満島の質問に、岸村は答える。

「先行到着した三つのＤＭＡＴで話しているうち、何となく決まったってところだっぺ」

「今回の激甚災害では、相当の人数が搬送されてくる可能性が高いのに、何となく、では何とも頼りないな。これから人員が数倍に膨れ上がった時、それで対応できるんですか？」

ぶしつけな物言いだが、満島の指摘には理があった。ＤＭＡＴは激甚災害の発生時に自動的に招集される。広域災害を想定し西と東で連動する複数の県が決めてある。北海道はみちのく県と関西の浪速市と協調するので、いずれ浪速市ＤＭＡＴも参加してくるはずだ。外枠はこのように決定されているが、具体的な内部編成は現場の救命救急医に一任されている。

「まんず、どうすればいいかわかんねがったで、とりあえずわだばやっただけなのっす。でも満島先生の提案の方が救護所が機能するのならそうすべぇ。具体的にはどうすればいいんだべ？」

「新チームが参加したらその都度、リーダーに適した人材を話し合いで決定すればいい」

明らかに自分が指揮を執るのが妥当だ、と言外に匂わせる発言だ。その言葉に反応し、救護所の片隅から立ち上がった影があった。それまで経緯を黙って聞いていた速水だ。

「満島先生の提案に従うと救護所が混乱してしまう可能性がある。俺は岸村先生が総指揮を執る今の体制のままでいいと思う」

「そうだべか」と戸惑った表情の岸村が言うと、満島は速水をじろりと見る。

「自分のチームすらまとめあげられない方の発言には説得力がない。こういう激甚災害時には強力なリーダーシップが必要とされる。適任者が指揮した方がいいのは当たり前だ。修羅場になれば、そうした適性は自ずとわかるものだ」

速水は真正面から満島の批判と主張を受け止め、答える。

「俺の勘だが、この救護所は修羅場にならない。ならば秩序を維持できる人が適役だ。たとえばいきなり新参者にでかい口を利かれても激さずに相手の言葉に耳を傾けられるような大人だ」

ちくりと満島のスタンドプレーに釘を刺しつつ、岸村を持ち上げて、結論を言う。

「岸村先生は現状の救護所のリーダーには適役だ。外部の応援隊はやがて撤退するから、地元の先生が総指揮を執るのは理に適っている。そうすればＤＭＡＴが撤退した後も継続性が保てる。それに新しい救急隊が到着するたびにリーダーが交代していたら煩わしいし」

場に小さな拍手が起こり、満島は沈黙した。岸村が立ち上がる。

「だば、わだばとりあえず責任者っつうことにしておくべ。だどもわだば人様に誇れるたった一つの美点は、自分の限界を知ってるつうことだべ。現場がばたばたして手に余るようだったら、その時は代わってもらうで、満島先生には副責任者になっておいてもらうべさ」

さらに大きな拍手が満ちた。岸村は、満島の同意を確認して、言う。

「早速提案をしたいっぺ。重症患者が搬送されてくるまでに救護所のシステムを作っておくべ。DMATチームの指揮官会議を開催するで、ご協力をお願いするのっす」

場に居合わせた他のメンバーは指揮官の言葉に従い、十分後に会議を始めることにした。

解散すると満島が険呑（けんのん）な目をして速水に近寄ってきた。

「よくも恥を掻かせたな。覚えておけ」

「仕方ないだろ。どう考えたって岸村先生は適任だ。でもよかっただろ。あんたは副責任者で、指揮官代行になれたんだから。何ならついでに北海道チームの責任者も譲ろうか？」

速水の言葉に肩すかしされた満島は、黙ってその場を離れた。

十分後の会議で、岸村はどこからか調達してきたホワイトボードを救護所の真ん中に設置し、すべての情報をそこに書き込むという基本方針を承諾させた。どこからかテレビも運び込まれてきて、静かだった救護所は急に活気づいてきた。

5

明け方に浪速市DMATが到着すると、彼らはホワイトボードに書き込まれた他のチームのメンバー表を一目眺めて、あっという間に状況を把握した。これが岸村の提案の成果であることは、最初に反発した満島でさえ認めざるを得なかった。

「地震発生直後に浪速を出たのに、高速道路を乗り継いだらこの時間や。ほんま情けないわ」

浪速弁丸出しの浪速大学救命救急部の井関准教授は、関西ドクターヘリの元締めでもある。

「まんずはあ、ご苦労さんだべ。高速道路は通行できたっぺか？」

岸村が頭を下げると、井関が豪放磊落に笑う。

「道路はひび割れとるし、あちこち通行止めや。警察官に停められる度に、『あんたらは通れるんやろ、ほんならこっちもいのちを救うためや。とっとと通行証を渡しなはれ』と怒鳴りつけ、ようやくたどりつけたのや。みちのくの警察官はほんま融通が利かへんな」

速水を見つけた井関は、喋りながらつかつかと歩み寄り、速水の肩をばんばんと叩く。

「なんや、おったんかい。飛ばずの将軍が北のヘリを手に入れてほくほくしてるとみんなウワサしとるで。ま、ドクヘリのことでわからんことがあったら、遠慮なくワテに聞けばええ」

「いや、遠慮しておく」

「指揮官がそんな無愛想じゃあ、チームは保たないで」

「指揮官は俺じゃない。今、あんたが話していた岸村先生だ」

「ほ、天上天下唯我独尊のじゃじゃ馬が、よく人の下についたものや」

岸村が井関に言う。

「総指揮官といってもただの調整役だで、精一杯勤めさせていただくのっす。でも浪速が東京より早いとは思わなかったべ」

「東京は霞が関の官僚連中が足をひっぱるでなあ。その点ウチの救急ジジイは、地震の一報を聞いた次の瞬間、すぐ出発せえ、とケツを叩きよる。ふだんはどもならんクソジジイやけど、肝心なところであんなの見せられたらかなわんがな。それに関西人も大震災を経験しとるで、何より助けにきてくれる気持ちが救いになるいうことは身に染みておるのや」

そう言うと井関は、救護所をぐるりと見回す。

「アドバイスをしよか思うたけど、ええ具合にでけとる。大切なのはホワイトボードや。あっこに連絡事項を貼り付けとけば、初動はＯＫや」

そこへ新たな救急隊が到着した。東京は高尾(たかお)総合病院の一行だ。

「失礼でっけど、東京のＤＭＡＴがこんな早いなんて、驚きましたな」

井関が皮肉たっぷりの口調で言うと、隊長の木崎(きざき)は答える。

「私たちは、今回の震災対応のため日本医師会が急遽創設したＪＭＡＴというボランティア支援システムでここにやって来ました。チーム編成して申請すると、医師会が参加者の保険を代行して掛けてくれる仕組みの適用第一号で、東京都医師会と東京都の合同チームです」

「東京もそんなにトロくない、というわけやな。世の中の風向きも変わったのう」

チームが加わるたびに、その名前がホワイトボードに張り出される。誰が参加してきたか、すぐにわかるこのシステムは、初期の救護所設定には有効だった。

救援チームの面々は、持参した寝袋にもぐりこみ、あるいは救護所の隅のソファに横たわる。

だがその夜、怪我人はとうとうひとりも搬送されてこなかった。

テレビ画面が、格納庫の一隅を照らし続けていた。時折、眠れないメンバーが起き出しては、腕組みをしてテレビ画像に見入っていた。


翌朝。

救命チームのメンバーは、持参した朝食を摂っていた。被災地に負担をかけないのが救命チームの鉄則なので、数日分の食事を携行している。速水は五条から握り飯をひとつ受け取ると、そのまま頬張った。

テレビでは真っ黒な波が家や田畑を飲み込んでいく映像が繰り返し流された。これだけ膨大な量の映像があれば当然、人が流される場面もあるはずだが、そんな映像は出てこない。そうした映像は放映されないように配慮されているようだ。

腕組みをして画面に見入っている速水の隣に満島がやってきて、言う。

「死者、行方不明は一万人を越えているらしい。なのにこの救護所には怪我人が一人も運び込まれてこない。一体どうなっているんだ」

速水は首を振る。格納庫に設置された十台の臨時ベッドはがらんとしたままだ。

そこへ五条の声が響いた。

「救急車が到着します」

救護所に緊張感が走った。ところが、けたたましいサイレンの音が止んで、スタッフが注視する中、救急車から降りてきたのは、右腕を怪我した老婆だった。大勢の救急医や作業衣姿のスタッフに囲まれ、驚いて立ちすくんだ老婆に、満島が歩み寄る。

「どうされました？」

「地震で逃げる時、ちょっとコケて右腕を切ってしまったんです」

五センチほどの切り傷だが、深くもなく命に別状はない。ふだんの満島なら、この程度の傷で救急外来に来るなとどやしつけていただろう。

満島は深々と吐息をつき、部下の中井(なかい)に声を掛ける。

「縫ってさしあげろ」

中井は老婆の手を取り、避難所の奥に設置された処置スペースに連れて行く。

「搬送患者第一号があんな軽症とは、拍子抜けだぜ」

満島は吐き捨てる。それ以降、ぽつぽつ救急患者が搬送されてきたが、足首の捻挫や軽い火傷など一次救急の軽症患者ばかりだった。午前の終わりになると、サイレンが鳴っても満島は現場に顔を出そうとせず、救護所の片隅のソファでふて寝を始める始末だったが誰もそんな彼を咎めようとはしなかった。そんな満島の姿をみて、コイツは俺の鏡像みたいだと速水はふと思った。

救護所の空気が変わったのは、午後になって一台のトラックが到着してからだった。

「救急の先生方、手の空いている方三名ほど、離れのテントまで来て下さい」

救護所にいるドクターは手が空いていたので、責任者の岸村を先頭に、速水、満島、井関といったじゃじゃ馬連中がわれ先にとテントに向かう。

並んでいたのは五体の遺体だった。ひと目見た満島が「溺死だな」と言う。

「こんな遺体が海岸沿いにたくさん転がっているんです」

救急隊員が泣き出しそうな声で説明すると、満島は言い放つ。

「俺たちは救急医だ。検案書を書く係ではない」

そう言って踵（きびす）を返し、救護所に戻ってしまう。気がつくと井関の姿も見当たらなかった。残された速水と岸村は顔を見合わせる。

「満島君の言いたいこともよくわかるのっす。だども、誰かがやらなければ遺体の行き場がなくなってしまうで、オラたちがやるしかねえべ」

岸村の提案にうなずき、速水は死体検案書の記載を始める。だが速水はこの場から遁走した満島や井関と同じ気持ちだった。そこへ新たなトラックが到着した。荷台からびしょ濡れになった遺体が次々に降ろされる。たちまち十体の遺体が追加された。

そのトラックと入れ違いにまた一台、トラックがテントの側に停車する。

「こりゃ、無理のっす。救護班から何名か、手伝いを呼んできてくれんかの」

岸村が側にいた事務官に言うと、彼は救護所へ飛んで行った。

救護所から数名のドクターが応援に駆けつけてきたが、当然そこには満島の姿はなかった。

速水は黙々と遺体の検案をし、悩まずに死因欄に溺死と記載する。それは生命を引き戻すことを生き甲斐とする速水にとって空しい作業だった。すると岸村が速水の側に寄ってきた。

「まんずはあ、先生は正直すぎだっぺ、退屈そうな顔で仕事するのは仏さんに失礼だべさ」

速水はぎょっとして、自分の頰を掌で撫でる。

「顔に出ていますか。まいったな」

「まんず、若い頃はわだば先生とよく似てたからわかるけんど、救急医として命を引き戻すのも、医者として死者を看取るのも、コインの裏表だべ。片方だけできるヤツなんていないべさ」

「つまり、岸村先生は、俺が救急医として半端だと言いたいのですか？」

「んだ。だども心配はいらねえ。気持ちさえ込めれば、死者の看取りはできる。先生はイカロスみたいな人だども、イカロスもいつかは大地に舞い降りるべ。その大地とは人の死を看取ることだべ。遺体が大地を覆い尽くしている今、ここに先生が使わされたのは宿命だっぺ」

岸村の話は何だかこじつけに思えた。岸村の言う通りなら、この大震災は自分のために起こったことになってしまうではないか。そう言うと岸村は首を振る。

「もちろん地震が起こったのは偶然だども、そこで先生が何かを学ぶのは必然だべ」

速水は足元に転がる遺体に目を凝らす。どうせやるなら、救急患者を治療するみたいに心を込めて死体検案書を書いてみよう。すると目の前に救うべき命ではなく、救えない遺体が並んでいる今の光景は、二度とめぐりあえないものに思えてきた。

結局、遺体検案は二時間で五十体に上った。

救急隊によれば、現地の怪我人はほとんどが軽症で、搬送が必要な重症者はいないという。

その代わり、津波による溺死体が数えきれないくらい無数に転がっているという。

「軽症か溺死体かのどっちかしかないなら、救急医は無用の長物だ」

満島の愚痴を、救護所のリーダーの岸村がたしなめる。

「そんなことを言うもんでねえ。先生方がいてくれるだけで気持ちが助かっているんだべさ」

岸村の言葉には妙な迫力があり、満島は反論せずに黙り込む。そして、正面切って異議を唱える者もいなかった。速水は自分の中から、救急活動ができない焦りが消えつつあるのを感じた。

気がつくと速水は、遺体搬送をしている救急隊員に尋ねていた。

「現場で一番必要なのは、どんなことですか？」

救急隊員は、空を見上げて考え込む。それから言う。

「機動力、ですね。溺死体は急を要しません。急がなければならないのは、被災地で孤立した入院患者です。施設から出動要請が寄せられますが、行き先が確保できないので搬送できません。現地は停電し、自家発電も保って半日、このままでは……」

救急隊員が言葉を詰まらせる。速水は腕組みをして目を閉じる。やがて目を開けて言った。

「ならばここの救護所にピストン輸送すればどうですか」

「ここは入院施設ではないので、結局被災した病院の方がマシなんです」

速水は再び考え込む。やがて顔を上げると救護所に戻り、総指揮官の岸村に歩み寄った。

6

「各都道府県のドクターヘリをここに招集しろ？　そんな無茶な……」

岸村の声に、周囲でたむろしていた救急医が一斉に顔を上げる。

「現場は軽症と溺死者ばかりで、緊急の救急対象者は少ない。となると喫緊の課題は被災した病院の入院患者の転送です」

速水の冷静な解析に、岸村は力なく首を振る。

「みちのく県のドクターヘリは、すでにフル稼働しているから救護所に派遣するのは無理だべ。それにドクターヘリは都道府県によって運用方法が異なるから、徴用は難しいっぺさ」

「できるかどうか悩んでいるヒマがあるなら、ダメもとでとりあえずやってみればいい」

速水が言い放つ。満島が近寄ってきた。

「賛成だな。オファーを自治体に叩きつけて、四の五のいう連中には噛みつけばいい」

「まあまあ、そう熱くならんと。日本ちゅう国は横並びが大好きや。こんな中、どこかが応じたら、我も我もとなだれを打つで」

井関はにやりと笑って立ち上がり、その場全体に響きわたる大声で告げた。

「ここには被災したみちのく県以外の、三つの都道府県から医療チームが派遣されてきている。北海道、東京、そして浪速や。わてらは今から、自分たちの自治体にドクターヘリ派遣を要請する。どこが一番乗りか、用意、ドンや」

チームの責任者は顔を見合わせる。採決を取る必要はなかった。彼らは自分たちのたまり場に戻ると、一斉に携帯衛星電話で地元と連絡を取り始めた。


一番乗りは浪速市だった。井関は意気揚々と浪速市医師会が運用するドクターヘリ派遣決定、一八〇〇到着予定、とボードに書き込む。その得意げな表情を見て速水と満島は唇を嚙む。二人とも事務方から色よい返事がもらえていない。浪速市の結果を知って、速水は電話をかけ直す。

「今、浪速市からのドクターヘリ派遣が決まった。このままではドクタージェット構想を浪速のモンスターに持って行かれるぞ。航空自衛隊の機動衛生ユニットに出動要請をした仲根市長にしては判断が遅い。ひょっとしてあんた、俺のメッセージを市長に伝えていないだろ？　もしそんなことが後で発覚したら責任を問われるからな」

速水が事務方を恫喝している隣では、満島が蝦夷大の石頭の事務官を怒鳴りつけている。相手がのらりくらりしている様子が、間接的な会話から手に取るようにわかる。

やがて速水の衛星電話が鳴った。相手は仲根市長で、ふたつ返事の即答だった。速水が危惧した通り、電話を受けた取り巻きの事務員が仲根市長に情報をあげていなかったらしい。

極北救命ドクターヘリ、派遣決定。到着は一七三〇。

「決定では遅れを取ったが、到着はこっちが先だ。悪いな」

速水が晴れ晴れとした表情で井関に言うと井関が舌打ちをする。

「桜宮で燃料補給せなあかんのが、痛すぎるで」

隣では満島が怒号を上げ、受話器を叩きつけると、速水をじろりと睨む。

「北海道は極北救命が派遣するから、蝦夷大のドクターヘリは北海道の救急医療に専念する、だとよ。大バカ野郎が。これはバックヤードの違いで、俺とお前の実力差じゃないからな」

「わかっているさ。これは勝負ではない。同じような苦労は俺だってしている」

速水の言葉に、満島の表情が和らいだ。

こうして二機のドクターヘリが夕刻に到着することになった。東京はドクターヘリの所属がばらばらで交渉先すら決められず、派遣要請を見送った。


十七時。丸一日、業務らしい業務がなかった救護チームのメンバーは、夕空を見上げていた。

北の空がきらりと光る。宵の明星、ヴィーナスのようだ。

その星の輝きはみるみる大きくなり、かすかな羽ばたき音が響いてきた。

「来た」

速水が呟く。たちまちその輝点はミニチュア・ヘリになり、上空でドクターヘリに変貌し、速水たちの目の前に着陸する。ゆっくり駐機場に移動する中、今度は西の空にひかりが見えた。

「さすが負けず嫌いの浪速のヘリや」

到着は一八〇〇なのに、極北救命ヘリの到着後五分で到着したのは浪速のど根性だろう。

空港の上空で二、三回、ゆらゆら揺れると、一目散に降下、着陸した。速水の隣で様子を見ていた五条が、「あれ？」と声を上げ、駐機場に向かって一目散に走り出す。

駐機場に停止したドクターヘリに駆け寄った五條は、搭乗員が降りてくるのを見つめた。

パイロットはヘルメットを取ると、驚いたような表情になる。

「五條さん、まさかこんなところでお目にかかれるとは……」

五條は笑顔を見せようとしたが、うつむいてしまう。そのまま小声で言葉を足下に落とす。

「ようこそ、みちのく救護所へ」

思い切って顔を上げると、懐かしい笑顔がそこにあった。

五條の身体はかつての極北救命のドクターヘリ・パイロットの暖かい視線に包まれる。かつて一緒にフライトをした時、その視線に包まれていた記憶が鮮やかに蘇る。

五條は自分の頬が濡れているのを感じた。頬をごしごしと手でこする。

「やだ、あたし、何で泣いてるんだろ。久しぶりに会えたのに」

パイロットは何も言わず、穏やかな笑顔で五條を包み込む。そんなふたりの間を、突風が吹き抜けていく。別のヘリコプターの羽音がして、西から東から小さな輝点が空港に向かってくる。

「あれは？……」

五條が呟くと、同じように空を見上げていたパイロットが言う。

「ドクターヘリ派遣が決まったので協会事務局に報告をしたら気の利くＣＳが都道府県の各機関に働きかけ、五都道府県から六機のドクターヘリの派遣が決まったんです」

「その、気の利くＣＳってもしかして……」

「お祭しの通り、元極北救命センターCSのあの方です。この空がつながっているのと同じで、どこにいてもドクターヘリ・スタッフの気持ちはひとつ。一刻も早く、ひとりでも多くのいのちを救いたい。ただそれだけなんです」

耳をつんざかんばかりのヘリのエンジン音の中、パイロットの声が響く。

五條はパイロットに寄り添い、大空を見上げた。その視界の中、小さな輝点は大きくズームされ、次々にミニチュアのドクターヘリに変貌していく。

ふたりのシルエットの後ろで、速水や満島、岸村と井関が一列になり、次々に着陸してくるドクターヘリを眺めていた。

7

青葉城(あおばじょう)病院に派遣されたドクターヘリ二機が、入院中の透析患者を搬送して戻って来た。透析設備がない救護所に搬送するのは適切とは考えられなかったが、停電復旧の目処が立たない状況では、搬送した方がマシだという、苦渋の判断だった。

その後、ヘリ一機につき患者を三人乗せて戻って来たので、二往復で十二人の透析患者が救護所に搬送された。こうしてドクターヘリの運用に希望は見えたが、このままでは手詰まりになってしまうということも、救護所の面々にはわかっていた。

ヘリが飛び立つのを見送っていた速水に、岸村が歩み寄った。

「速水先生、極北救急で透析患者を引き取ってもらうわけにはいかないっぺか」

速水は少し考えて、うなずく。

「うちのセンターでは無理ですが、提携している透析専門病院ならおそらく可能です」

「だば、先生に輸送機で透析患者を搬送してもらいたいんだべさ」

「俺が搬送係を？　救急医は生死の間をさまよう患者を引き戻すのが業務であって、患者の移送は第一線の救急医の仕事ではありません」

「だから先生は長いこと、ドクターヘリには搭乗しなかったんだっぺ」

「……どうしてそれを」

「満島先生も言ってたべさ、先生は救急界のアイドルなんだで」

速水は絶句する。冗談にも本気にも取れない、岸村の提案と説明に呆然とせざるを得ない。

それを振り払うように首を振り、速水は言う。

「でも、俺の考えは正しいはずです」

「救急医が搬送に付き添うのは医療資源の無駄遣いだという考え方はわかるべさ。それは正しいけんど、狭い判断だべ。今、日本全体を考えたら、先生が患者搬送をするのが正解だべ。今回は重症がいねえから、救急医のニーズは少ないべさ。一方、北海道は有能な救急医が二人も不在だから手薄だべ。だから全体を見回せば、救護所から一名、北海道に救急医を戻すのが正解だっぺ。これが第一点」

速水は黙って聞いている。岸村は続ける。

「これから必要になるのは入院患者の転院だっぺ。だば、転院先との関係を確立しておくことが大切だべ。透析患者も一度に大勢移送すれば、救急搬送なみに大変になるっぺ。それをコントロールできる優秀な救急医は、先生くらいしか見当たらないのっす。これが第二点」

速水は唇を嚙む。岸村の声が、がらんとした格納庫に朗々と響く。

「先生はドクターヘリの、ドクターデリバリー機能に偏見がありすぎるっぺ。新しい観点から見直せば、なにか見つけられるかもしれないっぺ。今、ドクターヘリの別の側面に携わるのも大事だべさ。これが第三点。三つも理由がそろえば、もうやるしかないんでないかな」

人のために、ではなく、自分が必要とする必然の仕事が天から降ってきたのだ、と岸村は穏やかな訛り言葉で速水に告げていた。

反論の余地はある。岸村の説得は感情的だ。

だからこそ速水は、その感情に絡め取られ身動きが取れなくなる。ひ弱な論理の網を引きちぎることは容易(たやす)いが、するとなにか大切なこと、自分にとって新しい何かを見ることができなくなり、大いなる損失になるような……、

そんな気がした。

岸村が挙げた理由はすべて、速水の成長だけを考えてくれていることに気づく。岸村の言葉に従えば、この現場には、かつての自分の分身のような満島が残ることになる。それなら同じことかもしれない、と思った速水は、気がつくと岸村の申し出にうなずいていた。

自分の中には存在しない言葉にしたがってみるのも、たまには悪くない、と思う。

三時間後、速水は、輸送機の窓から暗い夜空と夜景を見下ろしていた。

一緒に連れ帰った五條は、搬送患者の状態チェックに励んでいる。離着陸時にはシートベルト着用のため、安定飛行中の二十分間は、患者チェックでてんてこまいだ。

そんな五條を尻目に、速水は輸送機の暗い小窓から星空を眺める。雲上の空気は澄み、星が降るようだ。高度二万フィートの夜空は、雲の上なのでいつも快晴だ。

天空の夜景を見ながら速水はひとり、自分の中に渦巻く感情に深く沈み込む。

患者搬送は救急医の本懐ではない。だから今の自分の姿は本意ではない。だが自分がやらなければ、他の誰かがやることになる。だとしたら今、本意でない業務を勤めることも、大切なことなのかもしれない。

たぶん、その考え方は正しい。

今は未曾有の大災害の真っ只中だ。そんな修羅場では、何が大切で何が枝葉か、など誰にもわかるはずがない。だとしたら今やるべきことは、目の前の業務に集中することだけだ。

速水は瞑目する。その口元に微笑が浮かぶ。

機動衛生ユニット内に重症透析患者三名を、機内に設置したベッドには軽症患者九名を収納した輸送機は、計十二名の透析患者と速水の新たな決意を乗せ、極北の空に向けてまっしぐらな航跡を曳いていった。

8

みちのく大震災は死者、行方不明者二万人という未曾有の大惨事をもたらした。だが医師たちは、いつもと同じようにいのちを救い、死者を悼んだ。

これまで経験したこともないような大災害に襲われた後で、日常生活に戻っていくときに、まっさきに医療が復旧していったのは当然だ。医療はもともと個人被災からの復旧を業務としてきたから、医師にとっては、特別な業務ではなかったのだ。

震災は医療現場にも暗い影を落とした。

だが、人々はほんの一瞬、忘れかけていた医療に対する根源的な感謝の気持ちを取り戻した。それは厭うべき災厄の土壌の上に咲いた、一輪の徒花にすぎないのかもしれない。だがそれは、大輪の白百合の花だ。医療の新しい意味に気がついた人々もいたことは、未来への希望につながることだろう。

医学とは人の死を食らって生きる悪食(あくじき)の生命体だ。だが、毒は薬に相転換する。そうした悪食の抽出物によって、悲劇を緩和することもできるのだ。

被災地から戻った速水は、相も変わらず救急センターのソファに、雑誌をアイマスク代わりにして寝そべっていたが、ドクターヘリの搬送業務に文句は言わなくなったという。

ランクA病院の愉悦

1

ゆうべから　頭痛が痛い　ほととぎす　　終田千粒・詠

ツイッターに書いたら、いきなりコンピューターの文章添削ソフトからの訂正が入った。

――頭痛が痛い、というのは重複表現です。

そして勝手に〝頭痛がする〟と訂正されてしまう。

まったく、大きなお世話というものだ。俺はそういうおバカな文章を書きたいのに。

俺のペンネーム「終田千粒」は「ついた・せんりゅう」と読む。まあ、デビューした時にうかれてツイッターを始めたので、そんなペンネームにしたわけだ。もちろんツイッターにかけてのウケ狙いだったのだが、その狙いは大方の予想通り、思い切りスベってしまい、読者や編集者が俺のペンネームを「おわりだ」と読むという、哀しい結末になってしまった。そして今では、「終田の作家生命は終わりだ」などという、小学校低学年レベルのダジャレがタイムラインを占拠することになったために、このペンネームにしたことを死ぬほど後悔している。

それならいっそのことペンネームを変えちゃえばいいじゃない、名前を変えるのなんて想像するよりずっと簡単なのよと、バツ二の女友達は言うが、はい、そうですね、というわけにもいかない。俺のツイッターには、すでにそこそこのフォロワーがついていたからだ。ツイッターのコメント千八百でフォロワーは二千。売れない作家である俺にしてみれば、かなりのものだ。

ちなみに名前の「千粒」も「せんつぶ」と読むヤツが多い。ただし幸か不幸か、そっちの方は読み間違えられてもさしたる実害はない。そんな名にした理由は、俺がツイッターでおバカ川柳をやっていたからだ。つまり、〝終田千粒（ついたせんりゅう）＝ツイッター川柳〟というわけだ。川柳が趣味、などと言っているものだから、年齢は相当上に思われているフシもある。だが俺はまだ三十代前半の壮年男子、流行り言葉で言えばアラサー後期高齢者だ。

気がつけば作家デビューして三年が経ったが、食うや食わずの毎日だ。俺は、コンピューターごときに勝手に訂正されてしまったツイッター画面を、じっと見てため息をついた。

ゆうべから　頭痛がする　ほととぎす　　終田千粒・詠

これでは川柳にはならないではないか。まてよ、「ゆうべから　頭が痛い　ほととぎす」とすれば五七五ぴったりになるか。いや、まてまて、それならいっそフレンドリーな言葉遣いにして「ゆうべから、頭痛がしますよ　ほととぎす」の方がいいか。そんな風に直しに夢中になった俺だが、しばらくして我に返り読み直してみたら、ちっとも面白くない。理が勝ちすぎている上に、末の句の不条理的な存在意義が完全に失われている。何なんだよ、ほととぎすって。でも、コンピューターに添削される前のオリジナルの川柳では、〝ほととぎす〟という語感が必然に見え、しかもそこはかとないペーソスが漂い、何とも魅力的に思える。おバカ川柳を作るのは、名作を歌うよりも難しい。文学で人を泣かせるのはチョロいけど、笑わせるのは至難の業だ。

　俺は、せっかく書いたツイッターを消した。するとこの川柳を作ろうと思ったきっかけである偏頭痛がぶり返してきた。

　せっかくおバカ川柳ができて、しばし痛みを忘れていたのに。

　頭痛というヤツは、気がついたら何が何でも解消したくなるリストの先頭に挙げられるくらい不愉快なものだ。ただしこれは正確な表現ではなく、歯痛になれば歯痛が、胸痛になれば胸痛がトップにくる。そもそも、こうした書き方はおバカ丸出しであり賢い作家なら「痛みといふものは、たとへどのやうな部位に生じやうとも、生じた途端取り去つてほしいといふ願ひが一番に躍り出てくるといふ認識を、余は常々持つてゐるのであるが」などと書くだろう。もっとも、そんな格調の高い文章を書けないから、こうして売れない作家をやっているわけだけど。

　というわけで病院へ行こうかどうしようか迷いながら財布を見ると、一万円札が一枚だけ。これであと一週間を凌（しの）がなければならないというのが今の俺のミッションだ。

　しばし葛藤に沈んだ後、結論は出た。頭痛がするから、病院に行く。普段、自分と縁遠い世界の出来事に対し、暴論と正論をないまぜにして威勢いいことを言っているクセに、俺は痛みに対してはからきしのダメ野郎で、ちょっと痛いとすぐに日和（ひよ）ってしまう。

でも頭痛には断固として対応する、と決意すると、今の俺の財政状況ではランクC病院に行くしかない。政権与党がころころ変わっても、単にぬいぐるみのかぶり物の色合いが変わるだけで中の人は変わらないのだということに、しがない庶民である俺でさえ気づいてはや三年。たまたま世の流れで大勝した阿房政権が勘違いして浮かれまくり、ＴＰＰやら何やらで日本の医療という果実を米国保険業界という守銭奴共に売り渡してからも二年が経つ。その結果、哀しいまでの医療格差が出現してしまった。ＴＰＰに付随した自由診療推進は国民のためだという甘言に騙されて、自由には格差がついて回るという、当たり前の前提にも気づかずに、付和雷同してしまった連中＝国民は哀れなものだ。

もっとも、偉そうにそんなことを言っている俺も、そんな国民のひとりではあるのだが。

ただ、そんなことを呟いたところで、しつこい頭痛が消えるわけでもない、ということがわかるくらいには大人である俺は、黙って部屋を出た。

2

俺のかかりつけ病院は駅前のアーケード繁華街の終点近くにある。「ランクC病院」というのは公式名称で、頭に地域名がつくのは昔の国立病院と同じだ。たとえば昔の桜宮国立病院は今の「桜宮ランクC病院」になる。

公立病院は三段階、四種類の基本医療システムとなっている。ランクA病院は一回の支払いが十万円以上、ランクBは一万円以上十万円未満、ランクCは一万円未満で済む病院と、受験の偏差値なみにわかりやすい格付けになっている。

この中で別格扱いされるランクQ病院は救急病院だ。さすがに人道的見地から経済的裏付けがなくとも救急には対応するという日本医師会のお情けで各都道府県に一ヶ所、創設された。だが勤務医は皆不機嫌で対応も悪い。文句を言うと「それならランクA病院にどうぞ」と居直る。「それでも医者かよ」と言えば「私たちは国民のみなさまのご意志に従うだけです」と言う。

確かに俺たち市民の選択だった。市民は、Q病院はランクCの十四段下になるわけだから、どんな対応をされても仕方がないと諦めざるを得ない。ただし俺は数回、同じやり取りをしていたので、たぶん受け答えマニュアルがあるのではないかと睨んでいる。そしてそんな医師の態度はQ病院をコンビニ代わりに使う不届き者に対する組織防衛ではないかと勘繰っている。

日本政府がTPPに参加した途端に大混乱になったのは、自由診療移行にあたり前払いかクレジット決済が条件になったからだ。支払いできなければ受診できないという、資本主義社会では当然のシステムになった結果、カネを持たない患者に対し受診拒否が相次ぎ、社会問題になったのだ。そもそも日本医師会が自由診療に異を唱えたのは貧しい市民のためだったが、霞が関とそれに尻尾を振る大メディアは、覇権国家・米国の忠犬として頭を撫でてもらうことが主たる目的だったから、医師会がTPPに反対しているのは既得権益を守るためだと報道させ、市民はそのデマゴギーを信じた。TPP参加を選択したのは行政と政府の二人三脚で、それを黙認したのは今、不利益を蒙っている国民自身だったわけだ。

日本医師会は政府や行政、そして彼らに付和雷同するメディアがいずれ医療に濡れ衣を着せるだろうと予測していたため、自由診療導入とＴＰＰ参入がセットで可決されるに至り、医師会は市民社会を見限って、自分たちの身を守る情報を発信し始めた。こうした医師会の情報戦略に追い風も吹いた。既存のメディアは、弱者の側に立つフリをして目障りな組織を叩くのでアンチ医師会の記事やニュースばかり垂れ流す傾向にある。だがブログやＳＮＳ、ツイッターといった新しい情報ツールにより、少なからぬ人々がニュートラルに医師会の主張を理解した。このためこの医療格差は日本医師会の横暴のせいだとする、メディアの大衆誘導は失敗した。

売れない作家にすぎないこの俺が、ここまで現在の医療制度の問題について滔々と語れるのもツイッターのおかげだ。ことあるごとに医療関連ニュースをリツイートしていたら耳年増になれた上、いつの間にか医療問題に詳しい新進気鋭の作家という肩書きになっていたのだ。

ランクＣ病院は支払いが一万円未満で済むので、いつも患者でごった返している。だが、繁盛はしているものの、課題は山積だ。中でも問題視されているのは、薄利多売の収益構造と、その達成のために極端な省力化がされていることだ。

省力化の筆頭はロボット導入だ。俺みたいなスケベ作家はすぐに色っぽい看護婦アンドロイドを考えてしまうが、現実は逆方向に進んだ。人工知能を搭載した自動診断ロボット「トロイカ君」という、色気のないガチなＳＦ方向に特化したのだ。

トロイカ君はエウレカ（わかった、という意のギリシャ語）というネーミングだったのに、担当者が企画書をうっかり書き間違えてしまったのを、開発会社の課長、部長、社長が見落としたため、そのまま製品化されてしまったというエピソードを持つ。診断の三頭体制なんて、よく考えたらとんでもないが、それが妙にハマってしまい、そのまま使われるようになったという、何ともいい加減な経緯だ。そんないい加減な機械に診断を任せるなんて耐えられない、と心情的に思うが、いかんせん経済的な困窮はすべてを凌駕するため、妥協せざるを得ない。

で、肝心のトロイカ君だが、見た目くらいアンドロイド風にすればまだ可愛げがあるものを、開発費をケチったばかりに、銀行のＡＴＭをそのまま転用したみたいに機能重視になってしまい、色気がないこと甚だしい。そのクセ、プライドだけは人一倍高いようで、ひそかにライバルと目しているのは、あの〝地デジカ〟君らしい。だが、そんなトロイカ君の診断っぷりを見ていると、これぞ医療の原点だと思えてくるから不思議なものだ。

受付で番号カードを引く。お、四十四のゾロ目とは縁起がいい。いや、縁起が悪いのか。そんなことを考える間もなく電子音声で「四十四番の方、四番のブースにお入り下さい」という声が響く。待ち時間が少ないのはランクＣ病院の長所で、この点はランクＡだ。十ヶ所あるブースのひとつに入ると、受診カードを読み取り機に挿入する。トロイカ君は銀行のＡＴＭそっくりで、画面には黒縁眼鏡を掛けた白衣姿の男性が登場する。これがトロイカ君のイメージらしい。

トロイカ君は受診カードを読み取ると、電子の窓を明滅させながら電子音声で言う。

「終わりだ削除削除さま、ご来店ありがとうございます。最初に供託金を納入してください」

銀行のＡＴＭ、ではなくて全自動診断マシン・トロイカ君の口がぱかっと開く。

最初に供託金一万円を入れないと診察してもらえないのだ。取りっぱぐれを防ぐには合理的だが、一万円札がなければランクC病院にすらかかれないという、厳しい現実を俺たち貧乏人につきつけてくる仕組みでもある。

一万円札を放り込むたびに耳元で、「医療はボランティアではありません」という空耳が聞こえる。医療問題をウオッチしている新進気鋭のツイッター作家である俺には、その空耳がサブリミナル・メッセージだという、いかにもありそうな妄想リツイートがされたりもする。

だが、本物の頭痛の前には、しがない作家の想像力や経済支配の体制に対する反骨精神などは消し飛んでしまい、俺は深く考えずになけなしの一万円札を放り込む。レジスターの閉まる音と共に紙幣投入口が閉じ、代わりに画面の右上に10000という数字が出てくる。

ちなみにトロイカ君が俺に呼びかける〝終わりだ削除削除さま〟というのは俺の登録名だ。最初に登録した際、名前を漢字に変換したのだが、「ついた」と打って「終田」と出る日本語入力ソフトは皆無なので、いつものように、「おわりだ」と打ち、「終わり田」と変換した後で真ん中の「わり」を削除し「終田」と完成させた。ところが画面が変わるたびに電子音声が確認のため内容を読み上げるのだが、宅配便の自動配達システムに番号を打ち込む時と同じ仕組みで、打ったキーがそのまま読み上げられる。だから俺はトロイカ君にいつも「終わりだ削除削除さま」という、ただでさえ憂鬱な呼び名に輪を掛けてうんざりさせられるような名前もどきで呼ばれることになってしまったのだ。

ランクC病院はいつもニコニコ現金払いなのでペンネームでも偽名でも登録できる。ただし薬剤の不正取得防止の観点から、一度登録した名は使い続けなければならない。登録時に顔写真も添付するから、別名で診察を受けようとすると顔面認識ソフトが作動し、「あなたは、〝終わりだ削除削除さま〟です。〝マサチューセッツ太郎さま〟での受診はできません」と通告され、診察を拒否されてしまう。登録内容の変更は市役所に書類を提出し、面倒な手続きをしなければならない。だから俺は、頭痛のたびにトロイカ君から「終わりだ、削除削除さま」と呼びかけられるという精神的虐待を受け、いっそう頭痛がひどくなるのだった。それでも薬をもらえば頭痛は治るのだから、そうした粗雑な扱いにも耐え、今日も俺はトロイカ君を受診するのであった。

ペンネームで登録したのはささやかな見栄と自己顕示からだ。この際、後進の作家志望の諸君には忠告しておく。ペンネームは誰でも読める名前、ワープロで一発変換できる名前にすべきである。俺の作品をネットで講評してくれるブロガーやツイッタニスト（ツイッターをやる人ということで俺が命名した愛称で、ツイッターで『なう』なみに流行らせようとしたけど失敗した）が、ペンネームをタイプしようとしたら百パーセント、「終わりだ、削除削除、せんつぶ」と打っていることは間違いなく、すると好意的な講評を書こうと思った人でさえ悪評を書きたくなるのだろう。俺の作品に対するネット書評は悪口が圧倒的に多いが、たぶん俺のペンネームをタイプする時の感触が潜在的に残り続けてしまうからに違いない。

俺は、そうした悪評が正当な評価だとは考えていない。批評や批判や非難や悪口に対して寛容になったら作家は終わりだ削除削除である。和服を着て懐手で顎を若干上げ周囲を睥睨し「何を言うか、未熟者の〇〇風情めが」と一喝する、これぞ由緒正しき作家像だ。

ちなみにこの〇〇には、書評家でも編集者でも嫉妬深い先輩作家でもあるいは一般読者やファンをたばかるアンチ、自分では読み上手だと気取る素人読者といった面々を当て嵌めてもよし、むかついた相手の名前そのものを入れてもいとおかし、たとえば口に出すのも憚られるような先輩大作家〝ピーピー先生〟と直接ずばっと放り込んでも成立する、汎用性が高い手法である。唯一の難点は、その攻撃が肝心の相手陣営にきちんと届く保証がない、ということだけだ。

あ、妄想に逃避してはいけない。今は頭痛の治療をしに、ランクC病院にやってきたのだ。俺は改めて画面に集中する。すると続いて画面が変わり、電子音声が画面の文字を懇切丁寧に読み上げ始める。

「契約書をよくお読みいただき、承諾の方はイエスを、拒否の方はノーを、よくわからない方は、『？（ハテナ）』を、押して下さい」

俺は契約書には目もくれずにイエスを選択する。すると目の前の画面がカラフルな色合いに変わり、レジスターが閉じる音と共に右上の10000という数字が2000減り、8000となる。ランクC病院には初診料という概念はない代わりに、診察料が一律二千円と決められている。実にわかりやすい。

電子音声が響くと、銀行のATMみたいな、受付画面上に文章が現れる。

「終わりだ削除削除さま、あなたの現在の症状を以下の選択肢から選んでください。

1頭痛　2腹痛　3歯痛　4胸痛　5手足痛　6発熱　7その他　8？」

いちいちうるせえ、とトロイカ君を罵りながらも、俺はサクサク「1頭痛」を選択する。

次の質問が出てきた。「終わりだ削除削除さま、その痛みは我慢できますか」。選択肢はイエス、ノー、三番目に「よくわからない」を意味する「？」マーク。症状がよくわからないのに病院に来るヤツなどいるはずがないから、三番目の「ハテナ」という項目がある理由が、それこそ「よくわからない」。だがすべての質問の選択肢がイエス、ノー、ハテナ、の三択で統一されているため、エウレカ転じてトロイカ君という命名は、実はこのシステムにはぴったりの気もする。

そんなことをぼんやり考えた俺だが、追加料金が発生する五秒前に鳴るアラームに我に返る。回答に一分以上かけると、一分ごとに百円の追加料金が発生してしまうのだ。

煩わしい頭痛を思い返すと、確かに我慢できないこともないか、と思いイエスを選択する。

画面に処方箋が映し出された。「アスピリン、一回一錠一日三回三日分。終わりだ削除削除さま、これで納得しますか。納得されるならイエスを選択してください。納得しない場合は……」

俺は最後まで聞かずにイエスを押す。納得はできないが、機械と言い争っても空しい。

右上の数字がレジスター音と共に8000から6000に減る。処方箋料も一律二千円だ。

「まいどありがとうございました、またのご来店をこころよりお待ちしています」という電子音声と共に、お釣りの六千円と領収書、処方箋が出てくる。誰がまたのご来店などするか、と心中で吐き捨てながら、隣の薬局で、処方箋プラス紙幣を錠剤と交換する。

トロイカ君は無愛想だが、ヤブではない。錠剤を飲み下すと、三十分後にはウソのように頭痛が消え去った。人間とは卑しいもので、痛みが消えると途端に払った紙幣が惜しくなる。トロイカ君は、そんな人間の本性を熟知したシステムエンジニアによって設計されたに違いない。

3

ふざけるな　アスピリン一綴り　二千円　（字余り・笑）　終田千粒・詠

頭に浮かんだ川柳を打ち込み、少し見直して（字余り・笑）から「・笑」を取ってツイッターに反映させた。俺のツイッターのウリは、折々の感興を記した下手な川柳だ。売れない作家のツイッターでも、特色があれば面白がってくれる人が結構いて、おかげさまで今ではフォロワーは二千人を突破している。フォロワーになるなら本も買ってよ、とも思うが、最近の俺はリアルの本を出版していないので、さすがにそれはいちゃもんというものだろう。

ツイートとフォロワーの比率はその人の時給単価と相関するらしい。フォロワーがツイート数の二倍以上がエグゼクティヴクラス。ツイートとフォロワー数がほぼ同数をプレミアムクラス、五割の範囲内に収まればエコノミークラス。フォロワー数がツイート数の一割以下はカーゴと呼ぶ。カーゴは輸送機の積荷のことでプアミンとも呼ばれる。プア＝貧しい、ミン＝民で貧乏人というシャレらしい。フォロワー獲得に十倍の労力を要すれば、そんな風に言われても抗弁はできないだろう。それにしてもネット造語というのはえげつなくて、ひとの心を一撃で打ちのめしてしまうような破壊力がある。

更に理系連中がF／T比などという数値を導入し、俺みたいな文系人間の劣等感を余計に刺激する。ちなみにF／T比で表現するとエグゼクティヴは2以上、カーゴは0・1以下だ。ここでも、悪名高い受験係数、偏差値を彷彿(ほうふつ)とさせる。

売れない作家の俺だが、ツイートを自制した甲斐あって、この世界ではかろうじてプレミアムの地位を維持している。ここからエグゼクティヴを目指そう、と思ったりもしたが、原稿と違い、収入に直接つながらないから自重した。でもよせばいいのにことあるごとにツイートしたくなって仕方がない。そういう点では麻薬やギャンブルに近い依存性がある。困ったものだ。

だがごく稀に、ツイッターをやっているおかげで仕事が舞い込むこともある。

今回の件もそうだった。


こんな俺にも、デビュー直後は編集者が大勢まとわりついてきた。だがボツを重ねるうちに、そんな編集者も一人去り、二人消え、三人目は電話にも出なくなり、気がつくと呼び出しに応じてくれるのはデビューから二人三脚でやってきた編集者Pだけになっていた。

俺は目の前で背を丸めて、アイスコーヒーをストローですすっているPを見た。

八の字眉をしたさえない風貌だが、いつもきちんと背広を着てネクタイを締めているちゃんとしたヤツだ。だが、つきあっているうちに、能力が低いからせめて服装だけはきちんとしよう、という消極的思考の結果らしいということに気がついた。それでもろくな作品も書かないクセに、文学賞パーティにアロハにサンダルで出掛けて顰蹙(ひんしゅく)を買い、そのことを勲章のように見せびらかしてツイッターのフォロワーを稼ぐというセコい俺から見れば、尊敬すべき人物である。

編集者という人種は男女によらず母性本能が強いらしく、ダメな男にほど尽くしてしまう幸薄い女性のように、クズのような作家に尽くしたがるようだ。それが今も俺とPの関係が切れていない理由にも思えるが、ここで言いたいのは、俺はノンケでそっちの気はなく、Pにもそんな気配もないから、これは俺の文学的才能と日常生活不適応のアンバランスさに惚れてしまった生真面目な小市民の悲劇、として間違いはない。俺とPのお互いの名誉のため、そう主張しておくことは大切だ。なぜなら俺は時折、突発的に次のような文章を書きたくなったりするからだ。

——Pがいなければ、今の俺の作家生命は失われていた。

いきなり飛び出たハードボイルド風の表現を、ツイッターに書けないのが歯痒い。この文章は、俺のこれまで築きあげてきた、お笑い川柳道場主という顔とは合わないから、そんなことをしたら、フォロワーが激減するのは目に見えている。

ああ、でも、載せたいなあ。いっそ、別アカウントを作ってしまおうか。

だがそのPは、俺がツイッターを始めると言った時には猛反対したから、やっぱり書けない。まして新しいアカウントなんてとんでもないことだ、と我に返った。

——終田先生の持ち味は歯に衣着せぬ社会批判と、たとえどれほどリーダビリティが低くてもご自分の主張を大長編に仕上げる労苦を厭わない、その勤勉なまでの強情性にあるのです。

あの時は大絶賛されたように感じて面映ゆい思いをしたが、今、脳裏で再生しながらよくよくその発言を吟味してみると、決して褒めているようには思えない。問題は皮肉ではなく、百パーセント本音、かつ善意で言っている点だ。だから俺も大絶賛だと誤認したが、どう考えても褒めてないよなあ、このセリフ。でも、Pは俺がどんなに落ちぶれても、俺を先生と呼び続ける律儀なヤツで当然ながらこれまで一度も俺の名を〝終わりだ〟と誤読したことはない。

Pはため息をついた。気がつくと、いつの間にか過去の世界からリアルな今に舞い戻っている。そう、俺はPと打ち合わせという名の小ランチをしている最中だったのだ。

「とにかく終田先生の持ち味とツイッターは、相反しているんです」

「だとしたら俺が今や二千人に達するフォロワーを獲得しているという事実はどう説明する？驚いたことにこの数は俺の初版実売部数より多い。そこまでのフォロワーを獲得できたということの事実は、俺の本質がむしろツイッターとマッチしているということだとは思わないか？」

リアル世界のPは即答する。

「思いません。フォロワーになるのはタダです。本はお金を出して買ってくれるのです。重みが全然違います。読者は先生の大長編を待っているのです」

「その書き上げた作品をボツにし続けているのは、どこのどいつだ？　デビューしてから、俺はお前に一体何作、長編原稿を渡したと思ってるんだ？」

俺はサボっていない。書き上げた作品が刊行されない、いわゆるボツを重ねているだけだ。

蚊の鳴くような声で、Pが言う。

「でも、刊行水準にない作品を出版すれば、私どもばかりでなく、読者のみなさまの、終田先生ご自身への信頼も揺らいでしまい、長期的に見れば決してプラスにはならないかと」

なんという正論。俺はむっとした。

確かにお前は正しい。だが、たとえどんなに正しくとも、世の中には絶対に口に出してはならない言葉というものがあってだな……。

そして正しいことを言い聞かされることほど、むかつくことはない、ということを、正論を語るヤツは知らないことが多い。

だが、どう考えても理はPにある。そして俺に非がある。

なので「俺のツイッターを否定するお前のフォロワーより多いというのはどうなんだ」という、Pにとって致命傷になる一撃を口にするのは止めておいた。

Pのツイッターは自分が手がけた本の宣伝に徹している。中には個人的な趣味や日常を垂れ流すヤツもいるが、黒子役の編集者が自己顕示を垂れ流すなんて言語道断だ。

作家は公衆の面前で感情のストリップをしているようなものだから、貧しい感情を露出狂の如く曝け出してもいい。だが編集者はいかがなものか。朽木賞受賞作家のツイートは尻尾を振るようにリツイートするのに、俺のような売れない泡沫作家の魂の叫びはブロックする。公平が建前の編集者にあるまじき振る舞いだ。

そんなことを考えていると、愛すべきツイッタニスト（くどいようだがもう一度説明すると、ツイッターをやる人ということで俺が思いつきで命名した愛称、ただし流行らせることには失敗）であるPはぼそりと聞き捨てならないことを言った。

「そんな風にツイッターをやっている終田先生を批判しておきながら、ツイッター絡みのこんな仕事しか先生に持ってこられない自分がふがいないです」

「今、何て言った？　仕事を持ってきた、だって？」

Pはうなずく。俺はいきなり揉み手をして言う。

「それを先に言ってよ。俺はPちゃんのためならたとえ火の中水の中、何だって書いちゃうよ。で、どういう仕事なの？」

業界人めかした口調に媚が見え隠れするのはいただけないが、背に腹は代えられない。

「そう言っていただけると、ほっとします。先方は終田先生のツイッターを見て、この企画を思いついたそうです」

Pは鞄から一枚の紙を取り出した。ざっと目を通し、目を見開く。

俺は机に目を落とし、逡巡しているフリをした。だが、もちろん気持ちは決まっている。

「P君。確かにこの仕事は、作家としての僕のキャリアを傷つけかねない。なぜならお国が決めた医療行政の方針に弓を引くことになりかねないからだ。今の気持ちを古今東西の英雄にたとえれば、マクベス、いやカエサルの心持ちだ。だが、市井の一市民の良心として、勇気を持ってやらなければならない時もある。やむをえない。市民社会のため、一肌脱がせてもらおう」

「ありがとうございます。ではさっそく先方に連絡します」

俺の重々しさを一遍に吹き飛ばす軽やかな返事をすると、Pは一礼して席を外した。

Pの背中を見送ってから、改めて欣喜雀躍する。紙面に書かれた文字が光り輝いている。

『現代医療は終わりだ!!　毒舌ツイッター作家・終田千粒が病院の闇を斬る』

4

『週刊来世』という雑誌があるなんて、まったく知らなかった。

差し出された名刺と、見本の先週号を交互に眺めながら、依頼相手を盗み見る。相手はのべつまくなしに話し続けていたが、俺が危惧していた宗教関係の雑誌でない、ということだけは読み取れた。雑誌名は宗教の匂いがプンプンしたが、中身は意外にそうでもなさそうだ。

依頼者の隣に仲介者のPが座っている。並べて眺めただけで依頼者がPと正反対の属性であることがわかる。初対面なのにネクタイはしていないし、ベストの下には原色のTシャツが真っ赤で毒々しい色を見せている。おしゃれを気取っているらしい銀のネックレスには大きなドクロのペンダントがリンゴみたいにぶらさがっている。大きすぎるだろう、それ。

おまけにテーブルに置いた携帯には携帯より大きいストラップがついている。女子高生か。

だが、そんな身の回りのオーナメンツや着こなしよりも、人目を惹くものがあった。

ダリのようにぴんと尖った髭だ。

間違いない。コイツは編集業界に時々いる、自分大好きタイプだ。ツイッターを始めて一ヶ月で一万ツイートを達成するようなヤツ。俺とは決定的に相性が悪そうだ。

他にも引っ掛かることがあった。性格も装いも正反対なのに、その容貌は俺の糟糠の編集者Pにそっくりだったのだ。ヒゲがあることだけが違う。

まさかＰのヤツ、このそっくりさんと街角でばったり出会って、鏡像のような容貌のあまりの相似具合についふらふらと歩み寄り一言交わしてしまったが世の運命、まさか生き別れの兄様とこんなところで出会おうとはお釈迦さまでも思うまい、おお兄様よ、弟よ、と人目も憚らずに群衆のど真ん中で互いにひしと抱き合い、あれ、兄様、やつれ申しておりますな、いや、恥ずかしい、職も失いここのところろくに食うものも食えず夜露を口に含んで日々やり過ごす毎日で、なんと兄様おいたわしや、さすれば今からこの私は鴨の精進料理を食しに参る所存ゆえ、よろしければご一緒に、いや鴨料理とはほんの比喩、カモみたいにチョロい相手と商売するので、あいや、そういうことなれば俺の生業もこれまでは、手元にないものを売りさばく、浮き草稼業であったゆえ、少しはお前の助けになれるかも、などといういきさつでこうして俺の目の前で滔々と……。

なんてこと、あるわけないか、ほととぎす。

とそこまで一気に考えて、そこで妄想を強制停止させた。驚いたことにこのふたり、まだお互い容貌の類似性に気づいていないようだということが、二人の話しぶりからわかってしまったからだ。もし俺がそんな指摘をしたら、二人は同時に気を悪くしてしまうだろう。そもそも誰彼に似ているなどということを迂闊に言えば、似ていると言われた相手が大女優や著名な俳優であれば喜ばれても、一段下がって性格俳優になった時点で相手はむっとする。ましてや知り合いの素人との類似性なんぞを指摘したりした日には、両方の機嫌を損ねてしまうこと必定だ。

そこで俺は、そうした類似性を本人たちに伝える代わりに、新たな依頼者をアルファベットでＲと呼ぶことにした。その理由は単純で、大文字のＲはＰにヒゲをつけたものだからだ。

R（Pプラス髭＝俺の新たな依頼者）が持ちかけてきた企画は魅力的だった。それは俺が発見した「編集者の品格×企画の魅力＝定数」の法則とも一致していた。

さっきからRは息継ぎもせずに喋りまくっていた。

「『週刊来世』は来世を保証するにはまず現世から、というコンセプトで七年前に創刊し、現在発行部数は十万部、購読層は六十代以上が八十パーセントで、得意先は老人ホームや介護ホーム、市役所のロビーなど、公共機関さまが主ですが、終田先生の枯淡の境地である川柳をツイッターで拝見しまして、この人こそわが雑誌に必要な人材ではなかろうかと思いまして、編集長に持ちかけましたところ、編集長も大賛成で、大変僭越ですが、この短期集中連載企画が成功した暁には、連載小説なども……」

息継ぎもせずにそこまで言ったRの、言葉の切れ目を探し続けていた俺は、連載という言葉にぴくりと眉を上げる。隣で肩を丸めてマシンガン・トークを拝聴していたPの眉も同時に上がる。

おお、連載。しかも週刊誌。

その言葉は作家としてのキャリアが干からびてしまいそうな今の俺には、干天の慈雨のように甘く響いた。しかも発行部数十万部。

気になっていたのは、俺が情報収集するコンビニの店頭で、『週刊来世』という雑誌を一度も見たことがないことだった。だがそうした不安も、先ほどのRの説明で解消されていた。

同伴したPの目が光ったのは、『週刊来世』の出版社は単行本を刊行していないので、連載終了の暁には単行本化はPの業績になるからだ。仕事を持ってきてくれた相手とは相性が悪そうだが、内容は俺にもPにも申し分がない。

俺はRがようやく息継ぎで話が途絶えた一瞬の隙をついて、尋ねた。

「それで具体的には、私は何をすればいいのかな」

Rはごくん、と水を飲むと、話を続けた。

「あ、そのことを今まさに言おうと思っていたのですが、終田先生にランクA病院とランクC病院を受診していただきます。いろいろな御病気を抱えていらっしゃる病気のプロファッショナル、終田先生に両機関の対応を比較検討し、満足度を個人的独断でビシッと決めていただきます。ただしこうした企画上のお願いで、先生のご病状について公表されるという点をご了解いただくことが連載の必須条件になります」

俺は、もったいをつけてうなずく。

「まあ、それくらいはやむをえないだろうな」

隣でPがぼそりと言う。

「やむをえないも何も、ご自分のツイッターで偏頭痛持ちだとだだ流ししてるじゃないですか」

Pの呟きは無視した。企画に大いに乗り気になっていたからだ。特に「独断で決めていただきます」というRの言葉に心を動かされた。公明正大に、なんて言われた日には、困り果てていただろう。

「終田先生にお引き受けいただければ、安心です」

Rはほっとした表情で微笑した。

もともと俺はランクC病院の対応に辟易していたから、いつかどこかで、まあ、具体的な当てはツイッターしかなかったのだが、そうした不満を爆発させてやろうと思って手ぐすねを引いて機会を待ち構えていた。だから願ったり叶ったり、公然とランクC病院をこき下ろすことができる上、週刊誌連載と連動させればツイッターのフォロワーがざくざく増えること間違いなし。おまけに余禄もある。アスピリンが切れて二日が経っていたが、この治療費が週刊誌持ちになることは間違いない。天から降って湧いたアスピリン、というわけだ。

そこで一句。アスピリン　ああアスピリン　アスピリン（終田千粒・詠）

俺はしみじみ、Pの顔を見た。

この仕事を持ってきてくれた幸運の女神。いや、男だけど。

Pがいなければ、今の俺の作家生命は失われていた。

翌日。俺は新たな依頼人Rと二人で、行きつけのランクC病院のトロイカ君のブースにいた。

昨日の話し合いで、俺の受診にRが同席して、原稿にまで起こしてくれると決まった。俺は訂正するだけという、上げ膳据え膳の企画だ。しかも原稿料は目玉が飛び出るくらい、いい額だ。

こんなに幸せでいいのだろうか、と思いながら、いつものように、トロイカ君に受診カードを挿入する。Rは断りなく、俺の傍らにボイスレコーダーを置く。派手な身なりからも推測できたが、Rは俺よりもアッパークラスに属していて、ランクC病院とは縁がなさそうだった。

ランクC病院の診察室の様子を物珍しげにあちこち見回しているのもその証拠だろう。

自分の診察を赤の他人と一緒にするのは居心地が悪いものだが、これも仕事だ、と自分に言い聞かせて何とか我慢する。供託金の万札を一枚入れて最初の画面に出た契約書にイエスを押そうとすると、Rが待ったをかけた。

「契約書は読まないんですか？」

「時間が惜しいからな」

「そんな無造作な態度ではいけません。終田先生ご自身の身体と健康に関することなんですよ。今から私が読み上げますから、納得したらイエスを選択してください」

有無を言わさぬ申し渡しの後、Rは契約書の条文を朗々とした声で読み始める。

「ランクC病院受診にあたり、病院担当者を甲、受診者を乙とし、以下の項目に納得した上で診療を受けることに関して契約します。

一、乙は甲に診断ミスがあっても訴えない。

一、乙は受診後、経費を可及的速やかに甲に支払う。乙の支払いが遅延した場合、私財没収などの処分を受けることに同意する。

一、乙は甲が提示した質問に対し可及的速やかに、かつ明瞭に、かつ正直に回答し、遅延した場合や虚偽の姿勢であることが判明した場合には、乙は甲に相応の対応を課されることを承認する。

一、乙に投薬による副作用が発生した場合、甲は一切の責任を持たない。薬は最終的に乙の個人判断で服用するものとする。

……いやはや、コイツはウワサ以上のひどさですね」

俺も今回、初めて契約書の内容を言い聞かされ、同感に思う。特に冒頭の一項目は、文句があるなら受診をやめや、という居丈高なトロイカ君のイメージが浮かんでしまうような文章だ。

「入口で文句を言っても先に進めないから、取りあえずイエスを押してみよう」

俺の提案にRは憮然としたが、しぶしぶ同意した。するとレジスター音がして、右上の100000という数字が8000に減る。

見慣れた次の画面を、音声ガイダンスが読み上げる。

「終わりだ削除削除さま、あなたの現在の症状を以下の選択肢から選んでください。1頭痛　2腹痛　3歯痛　4胸痛　5手足痛　6発熱　7その他　8？（よくわからない）」

俺が1を押そうとした時、またしても〝待った〟が掛かった。

「疑問をひとつひとつ、解消させてください。病院なのになぜ歯痛があるのですか。試しに選択してみましょうか」

「いや、止めた方がいい。昔、酔っぱらった勢いで受診した時、やったことがある。そうしたら『歯科医を受診してください』という紹介状がプリントアウトされ、近くの歯医者への地図だけで診察料二千円、紹介状料千円の三千円を取られた」

「わかりました。では、『3歯痛』はやめます。代わりに『7その他』を押してみます」

止める暇もあらばこそ、Rは電光石火でボタンを押してしまった。もっとも、これを押したらどうなりますか、という疑問には答えられないから結果は同じだっただろうが。

「そういう些末なことを確かめたいのなら、自分でダミー受診すればいいじゃないですか」

「でもランクC病院で虚偽の申告をして診察を受けると、バレたら厳しく処罰されますよね」

俺はぎょっとする。正直、知らなかった。じゃあ、歯痛を選択したあの時はヤバかったのか。酔っ払っていたから受診中ずっと怒りまくっていたが、深入りしなくてよかった。うん？ ちょっと待てよ、するとこの取材は一体どういうことに……。俺が疑惑を抱いたことに気付いたように、Rはぼそりとひと言、つけ加えた。

「それに終田先生の領収書じゃないと、取材費が通らないのです」

む。それは説得力百二十パーセントだ。俺はしぶしぶ画面を見た。心中ひそかに、その他を押したら、頭痛の処方をもらえなくなるのではないか、と恐れていた。

その心配は半分当たり、半分外れた。画面には一行、「ランクB病院を受診してください」とあり、市内に二軒あるランクB病院の地図と連絡先が記載されていた。その文章が印刷されると、レジスター音と共に右上の数字が8000から7000になる。次の瞬間、画面はぶつり、と音を立てて暗転する。ATMの口が開き、七千円分の紙幣が返金された。

「終わっちゃったじゃないか。俺の頭痛はどうしてくれるんだ」

「ご心配なく。また受診すればいいだけです」

Rは慌てず騒がずそう言うと、平然とお釣りと領収書を鞄に入れて受付に戻った。

次は「8？（よくわからない）」を押そうとしたので、俺は止めようとした。

「よくわからずに病院に来るはずがないから、この質問の選択肢として八番目の『ハテナ』という項目が設定されている理由がそれこそ『ハテナ』だ」

俺の精一杯の皮肉を、Rはさらりと聞き流し「ハテナボタン」を押してしまう。すると桜宮の東城大学医学部・不定愁訴外来という初耳の施設が記載された紹介状がプリントされた。

次にようやく本丸の「1頭痛」を選択した。俺の頭痛は我慢できないくらい、ひどくなりはじめていた。あきらかに精神的な理由が加味されているだろう。

二番目の質問。「終わりだ削除削除さま、その痛みは我慢できますか」。選択肢はイエスまたはノー、三番目に「ハテナ」がある。予測した通りRは「ハテナ」を選択する。おい、我慢できるかできないかわからないなんて、俺はそんな意志薄弱じゃないぞ、と抗議する暇もあらばこそ、出てきた画面はさっき見たのと同じ「東城大学医学部付属病院・不定愁訴外来への紹介状」。プリントされるとRは淡々とお釣りを手に、再び外来受付に並び直す。

一万円札を投入し、次は「その痛みは我慢できますか」の質問にノーを選択、すると「ランクB病院を受診してください」と出てきて精算。受付に並び直す。

こうなると、ランクC病院の受付やその後の対応が早いことだけが救いだった。

ようやく「その痛みは我慢できますか」という質問に対する俺自身の本当の回答、イエスを選択する。見慣れた処方箋画面の「アスピリン、一回一錠一日三回三日分。終わりだ削除削除さま、納得されるならイエスを選択してください。納得しない場合はノーを押して下さい。追加料金で更なる診断ゾーンへご案内します」と出てきた。すると驚いたことにRは「追加診断ゾーンへのご案内」を意味するノーを押した。画面が変わり、後ろの壁紙が紙幣になった。

「追加料金は一問につき千円。一万円の先払いで質問一回サービスになります。よろしければイエス、よろしくなければノー、よくわからない方は『？』のボタンを選択してください」

ここでも三択を示すトロイカ君であった。

「こういう場合は、まず周辺のノーとハテナを確認しましょう」

Rはノーを押した。そうすれば前画面に戻り、頭痛薬が処方されるだろうと思ったら、そうはならなかった。新たな診察料二千円という領収書だけで処方箋はない。受付をし直し、更なる診断ゾーンに到達すると、今度はハテナを選択した。大方の予想通り、出てきた文字はまたしても
「東城大学医学部付属病院・不定愁訴外来への紹介状」だった。

周辺をしらみつぶしで確認した後、ついに追加診断ゾーン・イエスの回答を選択する。カチャと音がして、画面に色とりどりの光が溢れた。次の瞬間、画面の右上に表示された８０００という数字が７０００に下がった。これだけでかっちり千円取り立てられたわけだ。

「追加診断ゾーンへようこそ。ここではあなたの頭痛の原因の可能性となる疾患を羅列し、一問ごとに数を減らしていきます。最後まで対応していただかないと、処方箋発行に到達できません。がんばりましょう。それでよろしいでしょうか」

トロイカ君はワンパターンの三択を画面に出した。さすがのRもここでノーやハテナを選択する気分にはならなかったらしく、即座にイエスを押す。すると画面が小さなワクに分割され、縦二十、横五、計百のワクが出てきて、その空欄が厳めしい漢字で埋められていく。

「脳動脈瘤、脳出血、脳梗塞、脳塞栓、脳血栓、脳動脈奇形……」

「いちいち読み上げなくていい」

俺が言うとRは黙った。ふたりとも頭痛の原因となりうる病名の羅列に目を凝らす。百の病名が並び終わると、前面に質問ボックスが出現した。

「あなたの性別は何ですか」

その回答までもが男性、女性、そしてハテナの三択だ。三択主義もここまで徹底すれば立派なものだ。ここで「ハテナ」を選択するのはもちろん性腺分化異常の患者もいるだろうが、オカマやニューハーフといった性的倒錯の方々が多いに違いない。性同一性障害の方に医学的な対応をするには、心情はともかく、肉体的にはどちらかの物理的な性別を答えて貰わないと、適切な医療はできなくなってしまう。だが、案の定想像通り、Rは「ハテナ」を選択した。

だが、トロイカ君は冷徹だった。画面が変わり「自分の道を進んでください」と出てきた。

これでは診療拒否である。でも、俺は非難する気にはなれなかった。

そこで俺は、有無も言わせずに男性を選択する。するとその選択で百の病名からいくつかが消滅した。目を凝らすと元の病名がかろうじて読めた。月経性頭痛とか、妊娠中毒症性頭痛という項目だ。これではボッタクリだな、と思いながらも、次の質問を待つ。

「他の病院で検査を受けたことがありますか」

イエスを押すと一枚の紙が吐き出され、画面が強制終了した。支払い口が開くと五千円の紙幣が返却されている。俺とRは紙をのぞき込んだ。

そこにはたった一行、「検査を受けた病院を受診してください」とあった。

俺は決然とRに抗議した。

「これでトロイカ君のパターンはわかったな。ノーを押せばランクB病院の紹介状、ハテナを押せば東城大学医学部付属病院・不定愁訴外来の紹介状だ。次はイエスだけ押し続けるからな」

Rはちらりと財布をのぞきこんで言う。

「わかりました。資金は潤沢にありますが、確かにシステム全体を俯瞰してみることも大切です。では、さっさと済ませてしまいましょう」

こうして俺たちは追加診断ゾーンに到着すると、質問に「誠実に」回答していった。

「痛いのは頭痛だけですか？」イエス。痛いのは頭痛、というのは冗語だと思ったが黙っていた。

驚いたことに、いきなり多数の項目が消え、残ったのは接頭語に脳とつくものだけになった。

画面がブラックアウトし、リターンした四千円と共に吐き出された紙には、「ランクB病院を受診し、頭部ＣＴを撮影してもらってください」とあった。処方箋はなかった。

俺は泣きそうな声で言う。

「アスピリンは？」

「診断がつかない以上、処方箋は出せないんでしょう」

Rの冷静な口調に逆上して、俺はRの首を絞め上げた。

「冗談じゃないぞ。頭痛で受診しているのはこの俺だ。アスピリンを寄越せ」

「あ、あ、興奮しないでください。次こそ、素直に診察してもらいますから」

首を絞める手を振り解くと、Rはそそくさと外来受付に向かった。

ようやく手に入れたアスピリンを服用した三十分後、頑固な頭痛はぴたりと治った。

ランクＣ病院の取材を終え、近くの喫茶店で次回取材の打ち合わせをした。すっかり不機嫌になった俺だったが、Ｒの次の言葉を聞いて、ころりと態度を変えざるをえなくなった。

「この企画、二回の集中連載と言いましたが、四回はいけそうです」

「ほ、本当ですか」

思わず丁寧語になってしまった自分が何とも情けない。さらにその情けなさに拍車を掛けるように、あんなにもいらつかされたＲから、そこはかとなく後光さえ差してくる。

これまで俺に傅（かしず）いてくれたＰのことをちらりと考える。確かにいいヤツだが生き馬の目を抜く大不況氷河期の出版界では、単なるいい人というだけでは、共に歩いていくのは難しい。多少胡散臭いが、Ｒみたいな強引なヤツの方が、今の俺には必要なのかもしれない。

Ｒは、そんな俺の思惑を知ってか知らずか、淡々と続ける。

「ランクＣ病院の闇を暴く、という仮タイトルでなら、今日の分だけで二回行けます。そこで第三回のために外部取材をかけます」

「どこを取材するのですか」

「日本医師会と東城大学医学部・不定愁訴外来です」

なるほど。有能な編集者は、こうやって企画を膨らませていくわけか。

それは説得力ある展開に思えた。特に東城大学医学部・不定愁訴外来は、今日知ったばかりだが、トロイカ君が何かというとあれだけしつこく推薦してくるのだから、ひょっとしたらランク

C病院と東城大の癒着が垣間見えてくるかもしれない。

Rは淡々と言った。

「そうした周辺を固めた後で、ランクA病院の取材をしましょう」

「その前に、ランチAを食べたいな」

俺がダジャレを兼ねて言うと、Rはにこりともせずにうなずいた。

5

三日後。俺とRは意気揚々と取材先の日本医師会総本山に向かっていた。

その道すがら、東城大学医学部・不定愁訴外来は取材拒否された、とRに聞かされた。すわ、不祥事隠しの発覚か、と色めき立った俺だったが、Rの説明にあっさり納得してしまう。東城大学医学部・不定愁訴外来にはランクC病院からの紹介状で受診する患者はほとんどいないのだという、誠にもっともな理由だった。

電話で取材依頼をした時に、不定愁訴外来の担当医師に「『症状がハテナ』という人が患者になるはずがないでしょう」と穏やかな声で説明され、納得したという。確かにその通りで、よくよく考えると俺もそう毒づいていたではないか。だいたい、問題があるから病院を受診するので、症状が「ハテナ」という患者は皆無なのだと思い当たった。

そこで日本医師会に取材依頼をすると、外部アピール担当理事が直接対応してくれた。

というわけでそれから十分後、俺たち二人は日本医師会の応接室に座っていた。

出された玉露がうまいなあ、と年寄りみたいなことを考えていたら、扉が開いてアポの相手、日本医師会総本山・外部アピール担当理事が姿を現した。

「何でもお答えしますよ。ただし答えられることだけですけどね。ははは」

一見好意的に見えるが、言葉を吟味すると、「答えられないことには答えません」と言っているわけで、手放しの好意とは言い難い。

Rが口を開く。

「ランクC病院の診断システムの問題点について伺いたいのです」

「どうぞ。何なりと」

俺はこの取材はRに任せよう、と思った。実際に記事を書くのはRだからだ。

これでは俺は、まるで名義貸し作家だな、と自嘲する。

「ランクC病院の診断システムは、日本医師会が監修されたと聞きましたが本当ですか?」

外部アピール担当理事は穏やかな表情でうなずく。

「ほぼその通りですが、少し違う部分があります。日本医師会が委託した日本医師会統合研究所、略称日医統研という併設組織に依頼して作ってもらったのです。日医統研は、日本医師会の頭脳ですので、さしずめ私なぞは、日本医師会の口先にすぎませんけどね、あは」

食えない受け答えだ。だがRは予想済みらしく、淡々と続けた。

「このシステムで最初に『診断ミスがあっても訴えません』という言葉が出てきて、承諾しないと受診できない仕組みになっていますが、それって無責任だと思いませんか？」

「無責任？　なぜでしょうか？」

「診断責任が生じるのは当然です。ひとのいのちを預かる行為なのですから」

「見解の相違ですね。我々は誠実な対応だと思っています」

「診断ミスの責任を取らないのが誠実ですか？」

「そうですよ。ランクC病院では診断はされていないのですから」

え、と絶句したのは、Rだけではない。俺もそうだ。我慢できずに口をはさんだ。

「トロイカ君がしているのは診断ではないのですか？」

「違います。信憑性は星占いレベルですよ。ご存じなかったんですか？」

「ば、ばかな。私たち市民は、星占いなんかを根拠に治療してもらいたくない」

「でしたら、ランクB病院以上のクラスを受診することをお勧めします」

「それができないからランクC病院に通院するんじゃないか」

無神経な言葉に、俺の怒りは突発的に沸点に達した。だがそんな俺をちらりと見て、外部アピール担当理事はしゃあしゃあと言う。

「それじゃあ、諦めてください」

「冗談じゃない。それならランクC病院は病院ではない、と言っているようなものだ」

「だからさっきからずっと、ランクC病院は自己解決を計るサポートシステムであって、医療機関ではありません、と申し上げているんですけどね。ははは」

「でも診断され、処方箋も交付されます。何より診察料を取られます」

「その点は医療に似ています。でもトロイカ君は問診だけで診断します。それができるのなら、ランクB病院でもランクA病院でもそうしますよ。それができないから、ああした制度になったわけです。いただいている料金は全額、施設の維持費に回されているんです」

確かに機械のメンテナンスから内部の清掃までコストはそれなりにかかるのは理解できる。

外部アピール担当理事は続けた。

「これは交渉の結果、厚生労働省も認めたパラダイムです。厚生労働省は家庭医を対応させようとしましたが、低賃金で過重労働になると予測できたため、実費での補償を求めたのです。しかし、予算不足という理由で厚生労働省は拒否しました。ならば、責任は取れないけれどアドバイスくらいはしてあげようか、ということで作られたのがランクC病院だったのです」

「それではランクC病院で投薬するのは医療法違反行為だ」

「そうならないように厚生労働省と調整し、市販薬に準じたものだけにしてコンセンサスを得たんです。毒にも薬にもならない薬を出すことで責任回避しているのです」

確かにアスピリンは、市販薬の痛み止めにも混じっている。激高した俺は言う。

「それってつまり、貧乏人は死ね、ということじゃないですか」

外部アピール担当理事は微笑する。

「ここは大切なところですので、きちんと理解してください。貧乏人は死ねと言っているのは、医師ではなく、医療を司る行政組織です。厚生労働省は言わずもがな、財政緊縮を声高に言い募る財務省も当事者です。霞が関の人たちは、貧乏人は病院に行くな、というメッセージを出し続け、我々医師会はそれに反対し続けました。でもメディアに煽られた市民は医師会を非難し、役人の書いた筋書き通りに動いた。ですから我々には、もうどうしようもないんです」

もはやRはぐうの音も出ないようだった。

だが、最後の一撃で温め続けていたらしい質問をした。

「我々はトロイカ君の診断を受けたのですが、前画面に戻るという選択肢がないことに驚きました。選択肢を選ぶと、会計されて強制終了してしまいます。これって間違えた場合に余計な支払いを要求するわけで悪質だと思いませんか」

外部アピール担当理事は即答した。

「診察を受けるのに間違えるなんていい加減すぎる。病気を治したければ、全身全霊を挙げて選択してもらいたい。そこで厳しく対処しないと必ず、おもしろ半分で質問を繰り返し、トロイカ君を占拠してしまう不逞(ふてい)な輩(やから)が出てきます。そうなると困るのは、本当に病気を何とかしてもらいたいと思っている患者さんたちになるのです。それに……」

まだあるんですか、とげんなりしながら、外部アピール担当理事の口元を見つめる。野球で校長室のガラスを割った悪ガキが、お小言を聞かされているみたいな気分になってくる。

「人生は一度きり、間違えたからといって取り返しはつかないのです」

その言葉は、すちゃらか気分でいい加減なペンネームをつけながら、悪評をぶつけてくる読者を逆恨みしている、無責任作家の典型である俺の胸にずしんと響いた。

急に頭痛を感じた俺は、処方されたアスピリンの錠剤を口に放り込むとがりりと噛んだ。苦みが舌根に広がった。

俺たち二人は意気消沈してとぼとぼと歩いていた。

「ひどい話でしたねえ」

「ああ」

「こてんぱんにやられちゃいましたねえ」

俺は無言で、力なくうなずく。Rは続ける。

「悔しいですねえ。終田先生、こうなったら私は思う存分書いちゃいますから、徹底的に煽るように直しちゃってくださいね」

俺はもう一度うなずいた。だが、その記事がどうやっても歯切れのいいものにはならないだろうということはわかっていた。

6

掲載された俺の記事、いや「俺が身体を張って取材し、その様子をRがテキスト化し、最終的に俺が添削した代筆記事」は結構話題になった。雑誌の知名度の低さを思えば、反響はすさまじい、と表現してもいいだろう。

微妙な気分だった。中身はRが書いて、俺は手直しをしただけなのに。こうなると、俺の作品が売れない理由は、テーマが悪く文章が冗長だ、というネット書評が正しいということになってしまう。

だが、人生、悪いことがあればいいこともある。

おかげでツイッターのフォロワーが二倍の四千人になったのだ。

そうこうしているうちに、Rから連絡があり、いよいよランクA病院の取材日が決まった。日本医師会総本山の追加取材では意気消沈してしまった俺たちだった。

だが、今回は違う。

最初から大成功の気配がぷんぷん漂っている。

何しろ俺は生まれて初めて、一部のVIP御用達のランクA病院に掛かることができるのだ。門構えからして違っていた。高層ビルの最上階近くのエントランスまで高速エレベーターで一気に上ると、空調がほどよく利いたフロアの受付嬢が微笑みながら尋ねてきた。

「ご予約の終田さま、でしょうか」

きちんと「ついた」と呼ばれてほっとした。こんな美人に「終わりだ」などと呼ばれたら、本当に俺の人生は終わった気分になっただろう。

申し込みをした時にふりがなを振らせる。これだけでもランクC病院とは大違いだ。おのれ、トロイカ君め。俺は〝終わりだ削除削除さま〟などでは断じてないぞ。思い知ったか、などとひとり罵りまくる。

受付嬢は立ち上がり、俺とRをエレベーターまで先導してくれた。受付を空席にして大丈夫なのかと思って振り返ると、いつの間にか制服姿の受付嬢の補充が済んでいた。

エレベーターの扉が開いたのは一階上のフロアだった。俺たちを待ち構えていたかのように、白衣姿の女医が出迎えてくれた。

「御予約の終田さま、ですね。お待ち申し上げておりました。こちらへどうぞ」

俺たちは女医の後に従った。振り返ると受付嬢はエレベーターの扉の前で俺たちを見つめていた。見送りの態度も百点満点だ。

部屋にはアロマの香りが満ちている。椅子に座り、向き合った女医は若かった。とはいえ医師になるには順調に行って二十四歳だから、少なくともそれ以上の年齢であるはずなのだが。

「終田さまは、今日は、どういった状態なのでしょうか」

俺は自分の頭痛について、滔々と語り始めた。女医はつぶらな瞳を俺に注ぎ、いちいち深くうなずきながら、時折カルテにメモをする。そうやって真摯に耳を傾けてもらうと、俺の語りはとどまることを知らず、これまで物語を書く筆が渋っていたのがウソのように、すらすらと進んだ。たぶんこの女医に側にいてもらえれば、世紀の大傑作が書けるに違いない。

怒濤の自分語りを終えると、女医は感動したように俺を見つめていたが、ぽつりと言った。

「それで、その痛みは我慢できそうですか、できそうにありませんか？」

「この痛みを我慢できるか、ですって？　そんな質問があなたの口から出るなんて、信じられません。あなたが我慢しろとおっしゃれば、そんなのお安い御用です。あなたへの、私のこの想いを封印することに比べたら、この頭痛など、吹けば飛ぶような将棋の駒にすぎません」

女医は深くうなずくと立ち上がり、奥の部屋に消えた。やがて一枚の紙を手にして戻って来た。

「終田さまのお話を伺いますとこれだけの病気の可能性があります」

俺はちらりと紙片を見た。その数を見ただけで病状が悪化しそうだ。女医は椅子に座る。

「では質問させていただきます。終田さまは男性でいらっしゃいますね」

瞬間、何を聞かれたのかわからなくなったが、質問を理解すると大慌てでうなずいた。

「あ、さてはコイツと一緒に受診したから、あらぬ誤解を受けたのですね。そういう意味では隣のコイツは純然たる仕事上の付き添いで、私はまったくのノンケですから、そうしたご心配は一切無用でして……」

なおも話を続けようとする俺に、女医は微笑して言う。

「終田さま、私にも少し話をさせていただけますか」

俺はしゅんとなって黙り込む。女性を前にすると饒舌になってしまうのは俺の悪いクセだ。これで何度失敗してきたことか。女医は微笑を浮かべたまま、続けた。

「終田さまは男性、ということでよろしいですね。次の質問は、これまで他の病院で検査を受けたことがありますか、ということです」

「とんでもない。貴女と出会うため、他の病院での検査はひたすら断り続けたのです。ああ、でも僕の選択は正しかった。その結果、今こうして貴女とお目にかかれたのですから」

女医はあっさり言った。

「では頭部ＣＴを撮影しましょう。検査しなくては診断できませんから。そうだ、ついでに全身ＣＴも撮っちゃいましょう。心配はありません。看護師に案内させますから」

　俺はこっくりうなずく。指示されるがままに、俺とＲは白衣姿の看護師に続いて歩き始める。この天使も若く、そして美人だったことは言うまでもない。


　俺は前を行く看護師を呼び止めた。

「あのう、ひとつ質問してよろしいですか？」

　看護師は立ち止まると振り返る。薔薇のような頬が愛らしい。俺はどぎまぎしながら尋ねた。

「質問はですね、先ほどから女医さんも看護師さんも若くて大変お美しいのですが」

　俺がそこで言葉を切ると、看護師は真っ赤になった頬に両手を当てて言う。

「まあ、そんな。私なんて」

　そう言いながらも満更でもない様子である。俺は続けた。

「でも俺が男だから喜ばしいですけど、女性の患者に反感を抱かれませんか？」

　看護師は微笑しながら言った。

「お答えします。ランクＡ病院に掛かるような女性の方は麗(うるわ)しい方ばかりですから、そうしたあさましい感情は抱かれないのです。その上、女性の患者さまは別の対応になっております。本来はお見せしないのですけれど、女性患者さま用のメニューをお見せしますね」

　看護師は胸のポケットから一枚の栞を取りだして見せた。そこには女性患者さま対応とあり、

１二十代若者男性医師、２三十代仕事盛り男性医師、３四十代脂乗り切り男性医師、４五十代ロマンスグレー男性医師、５六十代以上枯淡端麗男性医師、とあった。

「このように女性の患者さまは対応する男性医師を選択できるのです。その点、男性患者さまは順番での対応となります。ただしランクＡ病院ではどの女医もそれなりのレベルですのでご満足いただけるかと思います。終田さまはいかがだったでしょうか」

もちろん、一瞬で担当女医と恋に落ちそうになった俺に文句があるはずがない。

そう答えると、看護師は微笑した。

「それはよかったです。それではこちらがＣＴ室ですので、この前でお待ちください。準備はできておりますので、すぐに撮影となります」

看護師が受付に姿を消すと、俺は女医との会話、そして看護師との会話を改めて反芻咀嚼して、ひとりにまにました。そんな雰囲気を思い出すだけで、何だかほんわかした気分になれたのだが、あることに気がついて、ふと不安になる。

隣に付き添うＲに小声で言う。

「ちょっとおかしいぞ、この病院」

「どこがですか？　素晴らしい病院じゃないですか」

「今、気づいたんだが、さっきの女医の質問、トロイカ君とまったく同じパターンだ」

俺はトロイカ君のことはマブダチと言えるくらい、ヤツを熟知している。特に頭痛に関する分野については、だ。Ｒは首を傾げる。

「言われてみれば、確かにおっしゃる通りですね。でもいいじゃないですか、そんなこと。付き添って観察している限りでは、どうみてもランクA病院とランクC病院には、その名前以上のまさしく雲泥の差があるんですから」

「まあ、それはそうなんだが……」

俺は煮え切らない口調で言葉を濁した。

その時、受付から戻った看護師が、俺に奥の検査室に行くようにと告げた。

初めてCTというヤツを受けたが、頭の先からつま先までの全身撮影にたった一分しかかからなかったのにには大層驚いた。だがもっと驚いたのは、たった今撮ったばかりのCT写真をすぐに見せてもらえたことだ。三次元再構成というバーチャルな姿の俺が、画面の中で撮影医の意のままにすっぽだかでぐるぐる回り、輪切りにされ、逆立ちさせられた。画像とはいえ屈辱を感じたが、診断する医師はこれまた診察してくれたのとは違うタイプの美女だったので、俺は怒りの持って行き場をなくし、仕方なくこの屈辱は原稿に昇華させようと誓った。それから原稿を書くのはRだと思いだし、そうした怒りの解消さえも許されないのかと煩悶した。

だがすぐに迎えの看護師がやってきたので、俺は診察室に戻った。

診察室に戻ると、女医が隣のブースから出てきた。開いた扉から、ハゲの男性の後ろ姿がちらりと見えた。俺が検査を受けている間に、次の患者を診察しているのだろう。

だからといって手抜きは感じられなかった。女医はすでに俺の検査結果を把握していて、その説明は理路整然としていたからだ。

「終田さま、脳の器質的病変がないということが判明しました」

俺はその結果を聞かされて素直に喜んだ。だが同時に質問をした。

「するとこの頭痛の原因は、何なのでしょうか」

女医は穏やかな微笑を浮かべて答えてくれた。

「おそらく選良として自覚を持たれた終田さまが抱えておられる、大いなるストレスに起因する心因性の頭痛である可能性が高いと思われます」

真摯で自尊心をくすぐるような診断の告げ方は、トロイカ君が逆立ちしても敵いっこない。それにしても、たかが頭痛でここまで持ち上げられるなんて、天にも昇る心地だ。

うすうす感じていたが、ここにきて確信した。

間違いない。この女医は俺に気がある。

女医は魅力的な大きな目を見開き、俺を見た。

「この診断に納得していただきましたら、後は頭痛に対する手当てになります」

俺は当然のごとく、ぶんぶんとすごい勢いでうなずいた。あなたの診断にこの僕が文句をつけるとお思いなんですか、と口にしそうになったが、かろうじて自制した。

女医は振り返ると手を打った。すると背後の扉が開き、薄暗い部屋のカーテンの向こう側に、三人の看護師が姿を現した。見ると左端は、さっき案内してくれた看護師だった。

俺がじっと見つめると、その看護師は真っ赤になってうつむいた。

「どの方がご希望ですか」

女医の言葉に、俺は我に返って尋ねる。

「どういう意味ですか？」

「終田さまがご指名された看護師が、終田さまの手当てをする、ということです」

もっと詳しく説明してほしかったが、それ以上尋ねると自分の身に振りかかった幸運を失くしてしまいそうな気がしたので、黙って左端のさっきの看護師を選択した。すると他の二人は微笑しながら後ずさり、姿を消した。俺に指名された看護師は真っ赤な顔になり、小声で言った。

「終田さま、どうぞこちらへ」

薄暗い部屋。看護師の背後にはベッドが置かれていた。

「ベッドに横になってください。手当てをしますので」

俺はごくりと唾を飲み、期待に胸を膨らませ隣の部屋のベッドに横たわる。目の上にタオルが掛けられ、額にひんやりしたモノが触れた。

それは、看護師の掌だった。

「こ、これは一体？」

隣の部屋で羨ましそうなRの声がした。女医さんの声が響く。

「終田さまの頭痛に対する手当てです。手当てというのは、実効性のある治療なのです」

なるほど、手を当てるから手当てか、と思っていると、耳元で囁き声がした。

「歌ってほしい子守歌がありますか？　オプションで別料金になりますけど」

俺はRの許可を取らずにうなずく。だって許可を得るのは無理だ。俺はベッドに横たわり、目隠しをされているのだから。俺は小声で尋ね返す。

「子守歌じゃなければダメなのかな？　たとえばポップスとかはどう？」

「歌える歌なら、何でもいいです」

「それなら『翼をください』を聞きたいんだけど」

「大丈夫です。歌えますので」

看護師はクスリと笑い、小声で「翼をください」を歌い始める。天使のような歌声にうっとりして、うつらうつらしてしまう。愛人の睦言（むつごと）をまどろみながら聞くような、至福の時間だった。まあ、俺に愛人はいないから、あくまで想像なんだけど。

ふと目を開けると枕元の看護師は姿を消し、代わりに女医が立っていた。俺は、浮気現場に踏み込まれた間男みたいに、がばっ、と身体を起こす。

「あ、いや、はは、ついうっかり」

何がうっかりなのか、さっぱりわからない。自分を取り戻した俺は、妥当な質問をする。

「僕は何分くらい、眠っていたんですか？」

「五分くらいです。頭痛の方はいかがですか」

首をぐるりと回す。そして目を見開いた。

「かなりよくなりました。というか、頭痛はきれいさっぱり消え失せました」

「よかったです。では今日の診察はこれで終わりです」

「あの、一緒につきそっていたRはどうしましたか？」

「会計をなさっています。お戻りになるまでここでお寛(くつろ)ぎください」

女医は立ち上がり、姿を消す。礼を言うヒマもなかった俺は、しばしぼんやりした。ベッド上であれやこれや妄想に囚われていると、こんなところでぼんやりしていていいのか、という叱責の声が聞こえてきた。そうだ、あの女医を追いかけて、何としても連絡先を聞き出さなければ。俺に気があるに違いないから、聞けば絶対教えてくれるはず。万が一、女医がみつからなければ、あの看護師さんでもOKだ。ムシのいい、自己中心的発想だが、その時の俺の妄想の暴走に歯止めは利かなかった。勢いよく扉を開け廊下に飛び出すと、廊下の果てに女医の後ろ姿が見えた。廊下のつきあたりの角を右に曲がると、女医の姿は見えなくなった。

俺は脱兎の如く駆け出し、つきあたりにぶちあたり、勢いよく右折する。そこにも長い廊下が続いていたが、女医の姿はすでにない。見回すと角から二つめの部屋の扉がわずかに開き、光の筋が漏れている。俺は抜き足差し足で近寄ると、隙間に顔をつけ部屋を覗(のぞ)き込んだ。

長い髪、白衣姿の女医のスレンダーな後ろ姿に、唾を飲む。ここで一気に扉を開け放ち、連絡先を教えてくださいと頭を下げて頼むんだ。でないとお前のロマンスは終わりだ削除削除だぞ。

扉に手を掛け、開けようとしたまさにその時、女医が身体を傾(かし)げ、向き合っている画面が肩越しに見えた。俺の手は止まった。すこしずつ後ずさり、方向を変えて元の道を走り出す。廊下の果て、つき当たりを左に折れると、診察室の前に、つきそいのRの姿が見えた。

俺を捜していたらしいRは、俺の姿を見ると手を振った。俺はRに駆け寄った。

「どうされたんですか、あんな方へ一人で行かれて。ちょっと顔色が悪いですね」

俺は深呼吸をする。そしてRの耳元にささやいた。

「とんでもないものを見てしまった。詳しい話はここを出てから話す」

7

治療の満足度は高かった。あれで満足しない男がいたらお目に掛かってみたい。だがこうなってみると、そうした満足も一気にひっくり返る。人間とは、実にメンタルな生き物である。

「終田先生がご覧になった、とんでもないものって、何だったんですか？」

Rのダリ髭がネコのように、ぴん、と尖っている。どうやら緊張しているらしい。

俺は重い口を開いた。

「あんたが支払いをしている間に、女医の後をつけて部屋を覗き見した。ちょっと違和感があったから、記事を書くために確かめなければと思ったんだ」

「本当は、どうせ女医さんのメアドでも聞きだそうとしたんでしょう？」

う、ムダなところに鋭いヤツめ。いまいましく思ったが、我慢して話を先に進める。

「ところが診断室を覗いたら、びっくりさ。あの女医、何をしていたと思う？」

「頭の後ろにある大口で、にぎりめしでも食べていた、とか？」

昔話を踏まえたRのジョークを、俺は冷たくスルーする。

「女医の机の上のパソコン画面に、トロイカ君がいた」

Rは一瞬、何を言われたのかわからない様子だった。俺は絞り出すように言った。

「つまり、ランクA病院の診断の実質は、ランクC病院の星占いと同レベルだったというわけだ。ランクA病院と銘打って、高額な医療費を取っておきながら、その診断の中身はランクC病院と同じだなんて許せない。羊頭狗肉の詐欺行為だからな」

Rは黙り込んだ。俺の胸に違和感が広がる。

「おい、その反応はひょっとしてお前、さてはこのことを知っていたな？」

Rは俺の顔を見つめていたが、やがて深々と吐息をついた。

「あーあ、とうとう気づいちゃったんですね、終田先生。気づかないフリをして、今のまま続けた方がよろしいかと思いますけど。私は記事が出来ればいいし、今日の診察で記事になります。あとは終田先生が私の原稿にアカを入れてくれれば終わりですから」

「でも、これって詐欺だろ」

「ものは考えようです。ほら、病は気から、というじゃないですか」

さっきまでうっとり聞いていた、「翼をください」のメロディさえも胡散臭く響いてきた。

「企画の趣旨を考えたら、ランクA病院の裏側もズバッと斬るべきではないか」

「それはできないんです。何しろ連載記事はもともとスポンサー企画で、ランクA病院協会から援助が出ているのです。ですからその……」

「ランクA病院の批判はできない、ということか」

「言いにくいことをはっきり口に出していただけると助かります。まさにその通りで」

俺の中で、ちっぽけな正義感が頭をもたげる。わかっている。こういうへそ曲がりなところが、俺がビッグになるのを妨げている、ということは……。

俺の糟糠の編集者、Pは言う。重鎮の先生に尻尾を振ってください。一般読者や書店員に迎合してください。長いモノには巻かれてください。

でも俺は自分を変えられない。

「連載を依頼するにあたり、俺のことは調べたんだろ？」

Rは黙っていた。

「それなら俺がこういう時にどんな風に反応するかは、予想できるよな？」

Rは観念したような声で言う。

「もちろんこれは終田先生の署名記事ですから、言論の自由を重んじる『週刊来世』としては、先生がそう書きたいとおっしゃるのであれば、そうせざるを得ません。ただ、そうなると二つほど、新たにお願いしたいことがあります。第一に、これまで私がゴーストで記事を書いてきましたが、今回は先生ご自身で書いていただくことになります」

当然の申し出だ。俺はうなずいた。

「俺だって作家のはしくれ、十枚くらいの記事ならさらさらのらーで書いてやる。もう一つは？」

Rはポケットから紙を取り出した。先ほど受付で手渡された領収書だ。

「記事で批判を展開すればランクA病院協会はスポンサーを降ります。うちの雑誌としても、大変な痛手になりますが、やむを得ません。でもそうなると今日の終田先生の診察治療費は取材費から出せません」

「当然だな。いいさ、それくらい自腹で……」

言いかけた言葉を途中で呑み込み、俺はRを見た。

「これって、わざと高額診療にしたんじゃないだろうな」

領収書の額面は五十万円を超えていた。ランクC病院と同じ診断システムを使っているから、診断単価は一万円を下回るはず。そうなるとCT検査と添い寝子守歌付きの手当てが五十万というわけだ。CTの検査料はせいぜい二万円だ。すると……。

俺は呆然とした。やがてふつふつと怒りが湧き上がってきた。

「足元を見やがって。いくら美人だからって、あんな素人に毛が生えた程度の子守歌で五十万円近くぼったくるだと？」

「美女の手当てもありましたよね？」

俺は唇を噛んで黙り込む。Rは続ける。

「この支払いは『週刊来世』編集部で持っていますが、記事が出ればランクA病院協会が返金してくれます。どうしますか、終田先生。今すぐ耳を揃えて五十万円、払ってくれますか。でしたらご自由に書いていただいて結構です」

ふざけるな、と怒鳴り札束をRに叩きつける。そんな大金を持っていたら、そうしただろう。

いや、逡巡したかもしれないけど。だが今の俺の財布には千円札が二枚しかない。

俺はうつむいた。

Rは優秀だ。こういう仕事上の行き違いは往々にして起こるが、Rのスタンスなら、たとえどのような問題が起こっても言い抜けするだろう。それにこの件では持ち前の中途半端な義侠心や、書くに値するのは真実のみ、などというプライドを振りかざす必要もないように思えた。

カネか、プライドか。

悪魔のような選択が、俺の根っこでぶつかり合い、せめぎ合っている。

俺の側で、Rは最新号の『週刊来世』を所在なげにもてあそんでいる。ぱらぱらとめくるその手が自然と、俺の特集記事のページで止まる。その時、ひらめいた。

「この記事の原稿料は確か、一回分が十万円だったよな。その原稿料で肩代わりする」

「そうすると四回分で四十万円にしかなりませんから、十万円足りませんよ」

「素晴らしい記事を書いてやる。掲載号が完売すればボーナスとして十万円を上乗せしろ」

Rはまじまじと俺を見た。やがて大笑いを始める。

「終田先生って本当に変わってますねえ。問題点に目をつむれば四十万円の臨時収入とゆくゆくの連載が手に入るのに、それをドブに捨て、仕事をした挙げ句、ただ働きする道を選ぶなんて」

俺はうっすら笑う。

「そういうタチなんだからしょうがない。俺はボツでタダ働きには慣れているんだ」

8

半月後。

俺は例の喫茶店で、担当Pと待ち合わせをしていた。今回の顛末は一応報告しておくべきだと思ったからだ。それは俺の誠意だが、遣り手の編集Rとの企画がぽしゃった今、俺がすがれるのはもうPしかいない、という現実的な選択の結果でもあった。

手元には、企画の最終回が掲載された『週刊来世』がある。十日前、Rから送られてきた謹呈本だ。無料購読もこれで終わりだ。当然、俺の小説連載企画も海の藻屑と消えた。

だが、俺は清々していた。先週号の記事は無事、俺の意に沿った形で掲載されたからだ。その後、Rからはメールで事後報告があった。ランクA病院協会からは『週刊来世』に抗議文が届いただけで済んだようだ。

俺の意気は空回りして告発記事は大して話題にもならず、当然、雑誌は完売しなかった。すると俺は十万円の借金を背負ったことになるが、Rから請求書は届かなかった。

例の調子で喋り倒して、問題をうやむやにしてくれたのではないか、と俺は思った。ありがたいことだ、と感じ入っていると、そこへPが汗を拭き拭き駆け込んできた。

「申し訳ありません。乗っていたメトロが人身事故で遅れてしまいまして」

ウソか本当か、ネットでニュース検索すれば一発でわかる。イヤな時代になったものだ、と思いつつ、検索せずに携帯を切った。Pの鼻の頭に浮かんだ大粒の汗をみているうちに、Pが遅刻したことを精一杯挽回しようとしたとわかったからだ。

「実は、『週刊来世』の連載の件が、ダメになってね」

「最終回の記事を読んで、そうじゃないかな、と思っていました。終田先生の記事はいつも通り歯切れがよかったですが、巻末の編集後記が言い訳じみていましたからね」

そんなところにRの自己保身がされていたとは。さすが編集者、目の配り方が違う。

するとPは声をひそめて、鞄から雑誌を取り出した。

「ところで終田先生、今週号の記事はご覧になりましたか？」

Pはテーブルの上に雑誌を置いた。「ランクA病院、新たなる医療の地平へ」という記事の見出しが表紙にでかでかと載っていた。記事をぱらぱら眺めてみると、明らかに俺の取材がベースになっている。そして最後にランクA病院の院長の談話が掲載されていた。

――人を癒すことができるのは人のこころだけです。ランクA病院では、患者さまのあらゆる不安と誠実に向き合います。そして治療の基本である、話を聞き遂げるということと、手当てを主体にした、やさしい医療の追求を目指します。

記事の冒頭は、ベッドに横たわりVサインをしているRの傍らで、妙齢の看護師が〝手当て〟をしている写真が掲載されていた。

脳裏に、「翼をください」のメロディが蘇る。

記事は次の言葉で結ばれていた。

——ランクA病院の運営方針には批判も多い。前号の記事もそんな批判のひとつである。だが、前号の批判記事の掲載後に、ランクA病院の患者数は倍増した。ランクA病院は感謝の意を表して、某作家の診察費は無償とすることにした。まさに、右の頰を打たれたら左の頰を差し出せ、というランクA病院創設の精神に合致した素晴らしい対応である。

ぴんと伸びたRのダリ髭を思い出す。この文体は……間違いない。

Rは別立てでランクA病院協会のヨイショ記事を書いて、手打ちにしたのだ。やられた、と苦笑する。焼け太りもいいところではないか。道理で追加請求がこないわけだ。それなら原稿料を払えと言いたかったが、さすがにそれは言えない。

首を左右に振ってみると、しつこく俺を苦しめていた頭痛は、ランクA病院の受診以来、ウソのように消えていた。残念ながら、そのご利益は認めざるをえない。

ビバ、ランクA病院。俺は白旗を挙げ、スタンディング・オベーションをする。

俺の目の前で、Pがしきりに憤慨している。

「『週刊来世』はひどいです。この記事はどう見たって終田先生の取材がベースになっているのに、先生の主張と正反対なんですから。こんな雑誌に来世があるはずありません。連載がダメになったのは残念ですが、終田先生にとってはよかったと思いますよ」

「まあね。でも俺にもいいことはあったんだぜ。連載中にツイッターのフォロワーが一万人を越えて、ついにエグゼクティヴ・ツイッタニストになれたんだ」

一瞬、Pに羨望の色が浮かぶ。だがすぐに仮面をかぶるようにして言った。

「よかったですね、ははは」

八の字眉で困ったような微笑を浮かべたPの、明らかに棒読みのセリフに、吐息をつく。

「終田先生、この屈辱を糧に今こそランクA病院とメディア業界の癒着の構図を晒し、医療小説の大ベストセラー『どす黒い巨塔』を越える大傑作を目指しましょう」

笑ってしまう。Pはどうしようもないヘタレだが、タフなヤツではある。世の中は割れ鍋に綴じ蓋、この気持ちにケリをつけたら、書きかけの長編を完成させ、いきなりPに送りつけてやる。

俺は生返事をしながらツイッターに、〝Pがいなければ、俺の作家生命は失われていた〟と書き込んだ。その文章をしばらく見ているうちに、ふと思いついて書き直す。

マイバディ　いなけりゃ俺は　野垂れ死に　　終田千粒・詠

例によって添削ソフトが勝手に起動し、〝野垂れ死に〟を〝野垂れ死にをしていただろう〟と直せなどという小うるさい警告を出してきたが、俺は無視して、そのままアップした。

まさかそれが、やがて俺がハードボイルド川柳の創始者として崇め奉られるようになる最初のツイートになるとは、その時は夢にも思っていなかった。

人生、一寸先は闇の終着点であり、極楽の始まりでもある。

【初出誌】
健康増進モデル事業
「小説新潮」2012年6月号（特集・医療小説新世紀）
緑剝樹の下で
「小説現代」2010年12月号（特集・医療小説最前線）
ガンコロリン（「ガンコロリン騒動記」改題）
「小説新潮」2013年6月号（特集・読むクスリ〜医療小説の誘惑）
被災地の空へ（「被災地の空へ——DMATのジェネラル」改題）
「小説新潮」2011年11月号（特集・医療小説の魅惑）
ランクA病院の愉悦（「全自動診断装置・トロイカ君」改題）
「小説現代」2013年10月号（特集・救える命）

ガンコロリン

著者
海堂 尊
かいどう・たける

発行
2013年 10月 20日

発行者｜佐藤隆信

発行所｜株式会社新潮社
〒162-8711
東京都新宿区矢来町 71
電話　編集部 03-3266-5411
　　　読者係 03-3266-5111

http://www.shinchosha.co.jp

印刷所｜大日本印刷株式会社

製本所｜加藤製本株式会社

ISBN978-4-10-306574-6 C0093